紅霞後宮物語　第十三幕

雪村花菜

富士見Ｌ文庫

JN020314

目次

宸国47~51代家系図

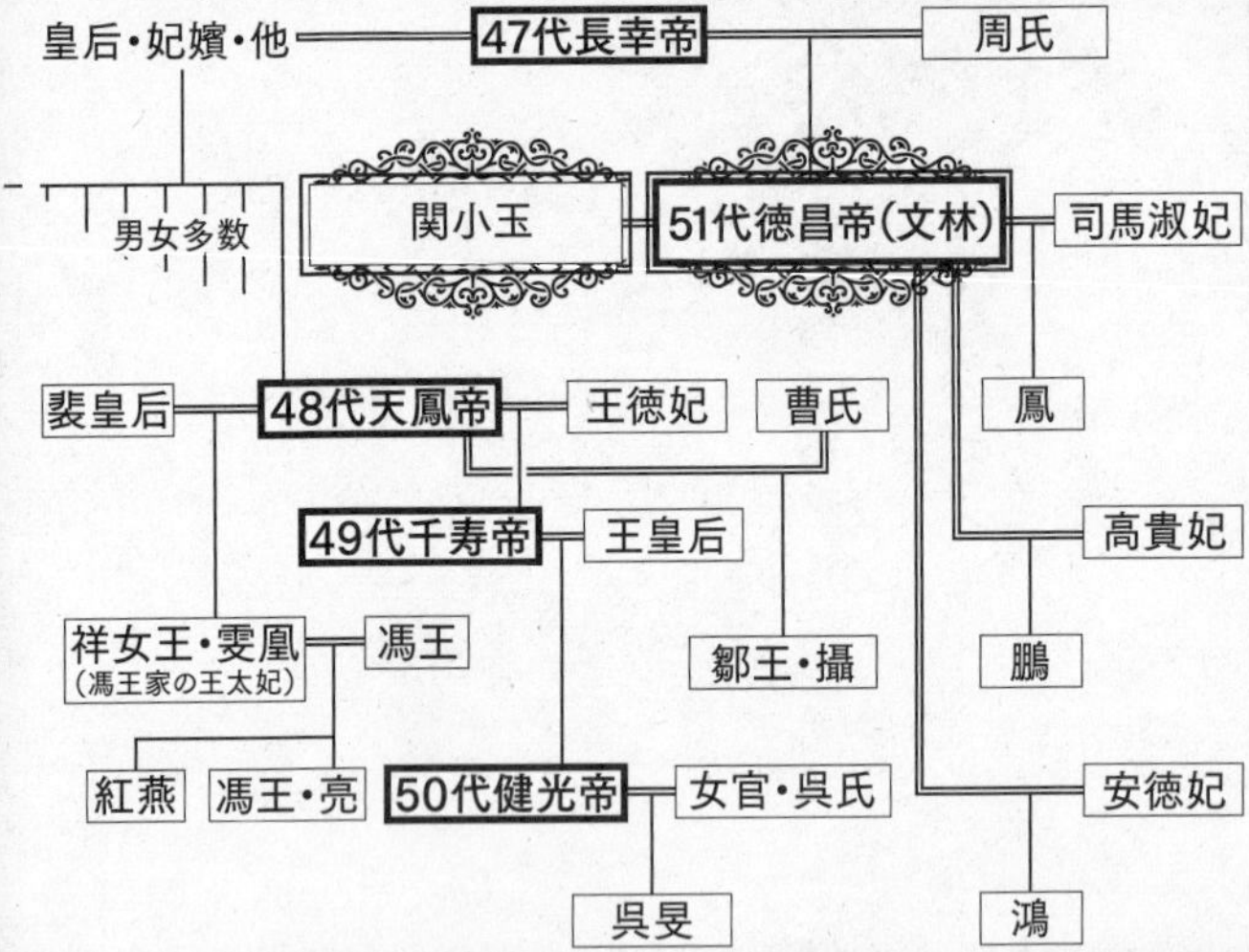
47代長幸帝
皇后・妃嬪・他
周氏
男女多数
関小玉
51代徳昌帝（文林）
司馬淑妃
鳳
高貴妃
鵬
安徳妃
鴻
裴皇后
48代天鳳帝
王徳妃
曹氏
49代千寿帝
王皇后
祥女王・雯凰
（馮王家の王太妃）
馮王
鄒王・攝
紅燕
馮王・亮
50代健光帝
女官・呉氏
呉旻

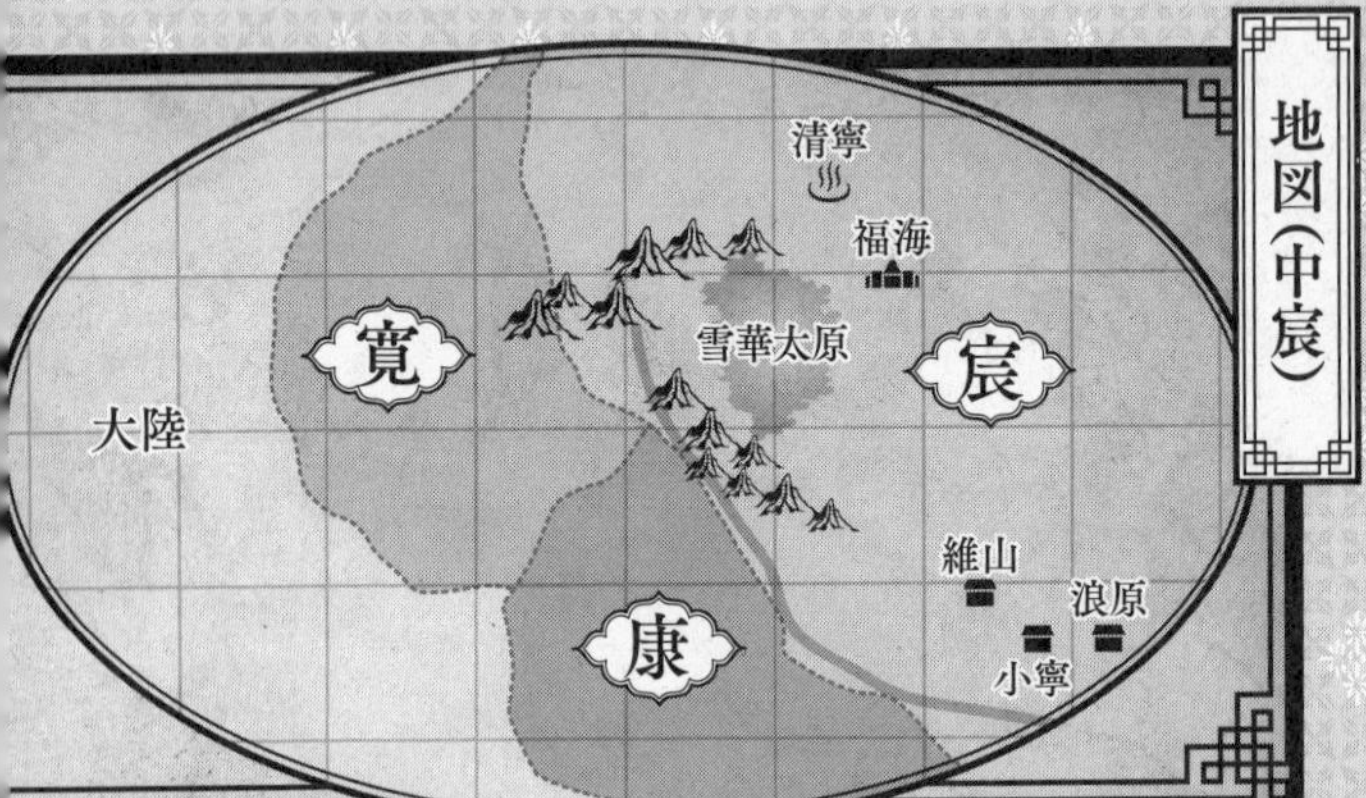
地図（中宸）
清寧
福海
寛
雪華太原
宸
大陸
維山
浪原
康
小寧

宸国妃嬪位階表

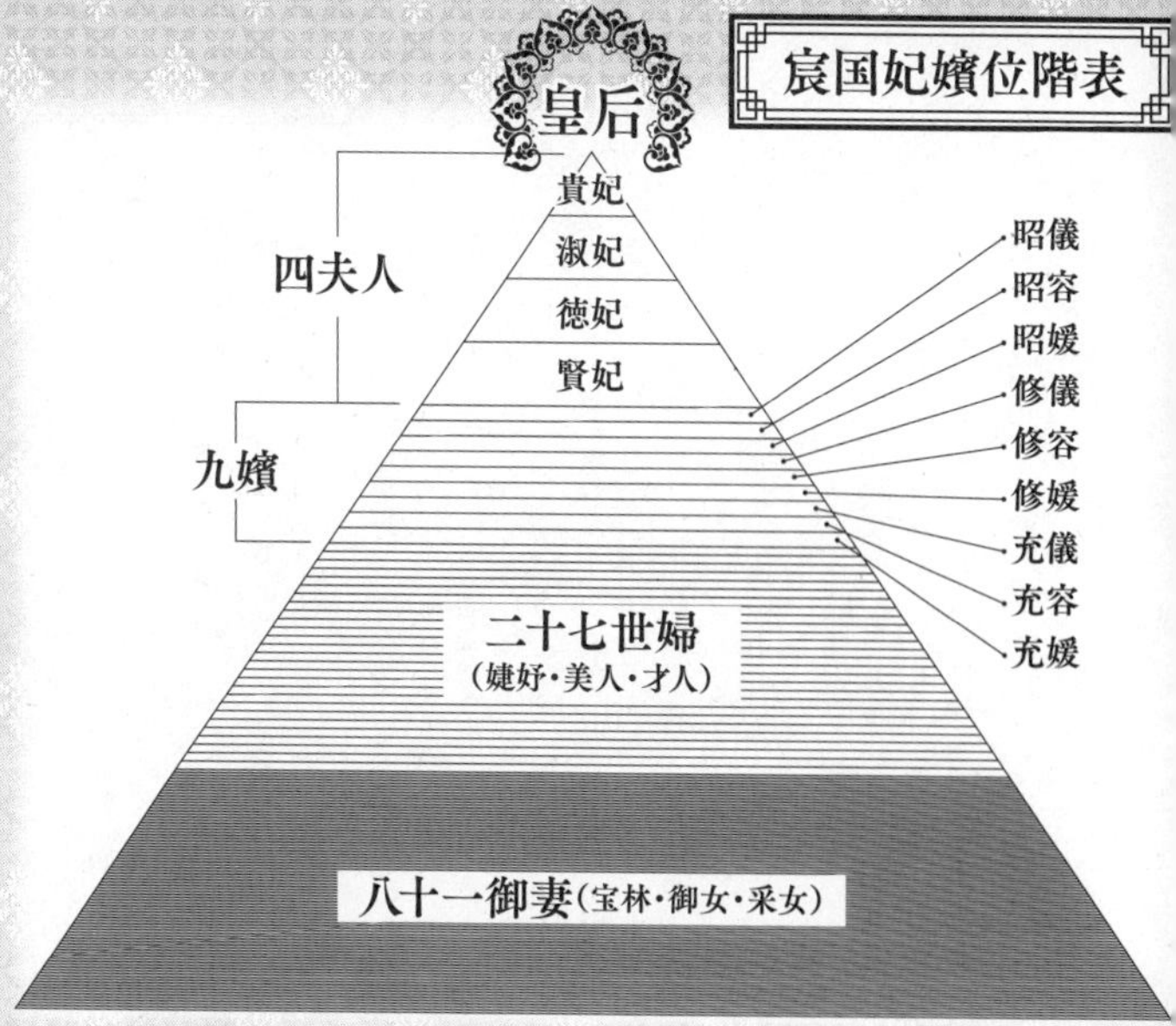

【寛国】

文化や風俗的には宸国に近い。

寛帝（かんてい）
寛国皇帝。梨后を寵愛している。

梨后（りこう）
寛国皇后。康国の現女王。

羊氏（ようし）
故人。樹華の父に横恋慕した寛国の太皇太后。

元氏（げんし）
故人。羊氏の姪。寛国の皇太后。

【康国】

女系重視の国で、近親婚も多い。

前王（ぜんおう）
梨后の叔父。

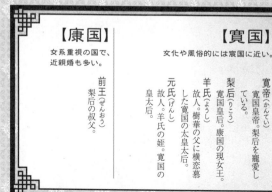

人物紹介（宸国）

関小玉（かんしょうぎょく）
三十三歳で後宮に入り、翌年皇后となった武官だが廃后される。貧農出身。

文林（ぶんりん）
五十一代徳昌帝。女官を母に持ち、民間で育つ。元小玉の副官。

鴻（こう）
文林の三男で皇太子。小玉に養育され、懐く。

《後宮》

楊清喜（ようせいき）
元小玉の従卒で、小玉の後宮入りに伴い宦官となる。

劉梅花（りゅうばいか）
故人。小玉付きの女官。文林の母親と親交があった。

元杏（げんきょう）
小玉に助けられた娘。梅花の後釜候補として女官になる。

徐麗丹（じょれいたん）
尚宮。女官を統括している。梅花の知己。

《妃嬪たち》

李真桂（りしんけい）
賢妃。小玉の信棒者。

馮紅燕（ふうこうえん）
貴妃。小玉の信棒者。雯凰の娘。王太妃譲りの美貌と性格を持つ。

薄雅媛（はくがえん）
元充儀。真桂、紅燕と友人関係を結ぶ。雯凰の養女になり後宮を出た。

衛夢華（えいむか）
元婕妤。元小玉の取りまきの一人。嫁ぐ雅媛に同行し、寛の後宮に送り込まれる。

司馬若青（しばじゃくせい）
故人。元淑妃。文林の長男の生母。小玉暗殺を目論み死罪となる。

茹仙娥（じょせんが）
故人。昭儀。亡くなった姉に代わり後宮入りする。出産後自害。

《文林の血縁》

鳳（ほう）
文林の長男。小玉の命を狙い、死罪を命じられるが生きのびる。現在は嬉児という名。

鵬（ほう）
故人。文林の次男。母親である高媛により殺害される。

祥雯凰（しょうぶんおう）
王太妃と呼ばれる三代前の皇帝の嫡女。文林の姪。亡き馮王に嫁ぐ。

《小玉の血縁》

関丙（かんへい）
小玉の甥。農業に従事している。現在馮王領にいる。

《軍関係者》

張明慧（ちょうめいけい）
故人。最強の筋力を誇る武官。小玉の片腕にして親友。

納蘭樹華（ならんじゅか）
故人。明慧の夫。隣国寛から亡命してきた武人。

鄭綵（ていさい）
小玉の二代目副官。王蘭英の娘。小玉の冷宮行きに付きそう。妊娠中。

沈賢恭（しんけんきょう）
文林付きの宦官。以前は武官として働いていた。元小玉の上官。

王蘭英（おうらんえい）
文官として文林に仕えている。元後方支援の武官。

李阿蓮（りあれん）
小玉の元同僚。現在は食堂を経営している。子だくさん。

秦雪苑（しんせつえん）
皇后となった小玉の部下。崔冬麗・王千姫と共に三羽烏と呼ばれた。

《その他》

納蘭誠（ならんせい）
明慧と樹華の息子。現在馮王領にいる。

——これまでにぼくはたいへんわるいことをしました。

——たいへんはんせいしています。

——ごめんなさい。

どんな問題でもいいが、なにかをやらかした人間にこんなことを言われたとしても、それではいおしまいってことにはならない。

ついでに、

——だからゆるしてね。

とか、付け加えられたら、むしろ別のなにかが始まる。

幸か不幸か文林《ぶんりん》はそこまで無神経ではなかった。それでも彼のこれまでの無神経さは、小玉《しょうぎょく》がちょろっと涙を流しただけで過去のすべてを昇華して、「いいのよ文林！」と言える程度のことでもなかった。

小玉はぼろぼろと涙を流したまま、椅子から立ちあがった。座っていた筒状の小さな椅子は、赤子をあやすときのためにちょっと腰掛けるための簡易的なものなので、小玉の立ちあがった勢いで簡単に倒れた。

小玉は手を振りかぶった。

衝動に突き動かされるままの行動であったが、とっさの手のかたちが拳《こぶし》ではなく平手になったというあたり、無意識下で小玉にも貴婦人らしさが定着しているのかもしれない。これはきっと梅花《ばいか》のおかげ。

唐突な暴力の気配に、文林は動こうとしなかった。

小玉に対し謝罪した時点で、すでに覚悟していたのかもしれない。甘んじて受けようとしているようにも見えた。

ただ、無粋なことをいえば、仮に文林が避《よ》けたいと思ったとしても、彼には無理だっただろう……運動能力的に。

軍を離れて長いこと書類仕事に従事しているうえに、鍛錬する時間もない文林は、正直もうそんなに動けない。小玉は自分が老いたことをかねが実感しているが、他人事ながら文林の衰えはそれよりも顕著に感じていた。

だから小玉の振りかぶった手は、小玉の望む場所——文林の頬——に炸裂《さくれつ》するはずだったのだが、直前で小玉の脳裏になにかがよぎった。

こうてい。

かお。

ぼうりょく、だめです、ぜったいに。

最後のあたり、梅花の顔もよぎった気がする。

――バシーン！

結論をいえば、小玉の平手は頬に炸裂しなかった。

直前で軌道を変えたそれは、文林の肩に勢いよく振りおろされた。動作だけを取りあげるならば、まるで上官が部下に「勇往邁進《まいしん》せよ！」と肩を叩《たた》いて激励しているようにも見える。

「…………」

「…………」

叩くほうも叩かれるほうも、双方ともに無言だったせいで、小玉の背後でさっき倒した椅子が、ごろんごろんと音を立てているのが妙に響く。ついでに漏刻《ろうこく》が、水をぴちゃんぴちゃんと落としながら時を刻む音も。

「くう……っ！」

小玉は文林の肩に手を置いたまま、くっと唇をかんだ。

一瞬脳裏に思い浮かんだ梅花の顔、あのあまりにも鮮明な顔……間違いなく小言のときのものだった。

時とともに故人のことは記憶から薄れていくものだが、突発的に例外が発生することもあるようだ。

なお、この時点で小玉の涙は、なんとなく引っこんでいた。

文林のほうはというと、小玉の顔を探るように見てから、小玉の手が鎮座する自らの肩をちらっと見て、そしてまた小玉の顔を見た。

「……今のは、一体」

殴られそうになった瞬間より、よっぽど戸惑った顔だった。

そりゃそうだ。

今は絶対に肩を叩く場面ではなかった。それに小玉と文林が過去実際に上官と部下の関係であったことを勘案したとしても、当時ですら小玉は彼に対して「勇往邁進せよ！」と肩を叩いた経験はない。

文林にとって現状は、ほっぺたを殴られる流れなのになぜか肩を叩いてきた小玉が、脈絡もなく悔しさを発露しはじめているということになる。

言語化すると阿呆《あほう》みたいに笑える事態だ。というか阿呆そのものだし、それどころかこのままだと乱心を疑われてしまう……しかし小玉が今の行動を説明する前に、部屋に乱入者が現れた。

「今のは一体！」

文林と同じことを、文林より切羽詰まった声音で叫びながら、仙娥《せんが》の女官だった女が部屋に飛びこんでくる。

部屋の外で待機していた彼女にしてみれば、いきなり響く椅子の倒れる音、なにか(肩)を叩く音……いてもたってもいられなくなったのだろう。とはいえ彼女が心配しているのは、文林のことでもなければ、小玉のことでもない。

今ゆりかごでぐずっている帝姫《ていき》のこと……ぐずって……いや……。

「あら、寝てるわね」

小玉の涙同様、帝姫のぐずりもいつの間にか治まっていた。

今の騒ぎでこれ。なかなか豪胆な子だ。

小玉は近づいてきた女官が、帝姫の呼吸を確認したのを見とどけてから命じる。

「貞《てい》、あなたは下がってて」

「あ……」

帝姫の無事を理解したはずなのに、それでもかすかに声をあげ、相手はためらう素振りを見せた。これは女官失格。

「いえ、そうね……」

しかし女官の素振りを見た小玉は、怒ることをしなかった。部屋に置かれた漏刻にちらりと目を向けてから、文林にわざとらしいくらいうやうやしく言う。

「大家《たいか》、そろそろ乾極宮《けんきょくきゅう》にお戻りになるころあいでは」

「……そうだな」

「お見送りいたします。貞は帝姫を見ていなさい」

「かしこまりました」

今度は女官として満点の動作で、貞が頭を下げた。

廊下に出ると、部屋の前に控えていた沈賢恭《しんけんきょう》が恭しく頭を下げる。女官と違い、物音がしても部屋に足を踏み入れなかったあたりが対照的だ。

「戻る。お前は先を歩け」

「御意」

文林の指示で、賢恭は廊下を先導するかたちで、小玉たちから距離をあけた。

廊下を歩きながら、小玉は文林に静かに話しかける。賢恭に聞こえないくらいの声音を心がけつつ。

聞こえちゃったらしょうがないかあ、とは思ってるので、そこまで気をつかってはいないけれど。

「さっきの話だけど、あたし怒ってるの。怒ってることに気づいたというか、怒るべきだったことに気づいたというか……」

「そうだろうな」

「ええ。後日ゆっくり話しあいたいと思ってるけど、当分はあんたに対してかなり当たりが強くなると思う」

今も文林のことを見ると、いらいらする。

文林のさっきの「すまなかった」は、小玉の心をかき乱し、奥底に澱《おり》が溜《た》まっていたことを明らかにした。同時に、静かに沈んでいた澱を浮かして心全体を濁している。取り除くにしても、浮きあがった澱が沈んで落ちつくまでの時間が必要だった。

ている。

「だよな。そうなんだよな……？」

文林は頷《うなず》きながらも、さっきの小玉の行動が謎なままなのだろう。語尾が疑問形になっている。

自分でも認める。あれは間違いなく奇行だった。

「さっきの奇行……うん、奇行については、いろいろな思いが絡みあってこう……まあ、なんやかんやしてああなっただけだから」

言い訳にしても怪しい小玉の言い分に、文林は真面目くさって頷く。

「そうなのか」

「いろいろな思い」でなにか察することがあったのか、小玉に対する負い目から追及しないことにしたのか、文林の語尾から疑問形が消えた。

でもとっさに軌道はそらしたことと、平手だったことは、淑女らしさの端くれでも身についたということで、あの世の梅花に褒めてもらいたい。

入内《じゅだい》して数年くらいだったら、普通に殴ってた。というか実際殴ったことがあった、自分。

あのときは腹だったか。

――そういえばあのとき、「なんで平手！」って怒ってた気がする。

今や自分のほうが、平手で撲《う》とうとしたことを肯定的に捉《とら》えている。つまり自分もこの社会に染まってきたのだ。

——いいさ。この世界で文林と生きていくことを決めたんだから。

あのときはあのときで、当時の自分にとっては必要な怒りだった。それでいい。

人の考えというのは、難しいものだ。

一貫性があることをよしとしつつも、変わることが当然なところもある。がらりと変わらないにしても、生きていれば少しずつ変わっていく。

それこそ漏刻の、次の水滴が落ちるまでの間でさえ。自分の気づかないところで、静かに。

誤った考えを変えることはよしとされるが、さて今の自分の変化は、それに該当するだろうか。

人によってはそう思わないだろうな、と小玉は思った。

例えば紅燕《こうえん》とか。

彼女の最近の自分に対する態度を見るとそう思う。変わった小玉にはなんの価値もなく、過去の小玉こそが絶対に正しく、その姿を留《とど》めておきたいというような……。

小玉のちょっと異端で破天荒なところが、物珍しく格好よく見えたのだろうということがわかる。珍獣枠として見られていたというか。

それは紅燕だけではなく、他の妃嬪《ひひん》たちからも。

そして今思えば、自分が彼女たちの好意的な感情の上にあぐらをかいていたこともわかる。これって、文林から自分に向けられる感情に対しても、同じ感じだったなということに気づいて、小玉はちょっと自己嫌悪になった。

だからといって、ついさっき気づいた文林に対する怒りを、差し引いてやるつもりはないけれども。

結局のところ小玉は、異端で破天荒を売りに、若いお嬢さんをいつまでも楽しませるだけの女ではいられなかったのだ。そもそも今は、小玉のそんなところをもてやはす妃嬪もだいぶ減ってるし……みんな現実を見るようになったあたり、相手のほうも年をとってきたのだろう。まあ結構なことではないか。

うら若い乙女たちにもてはやされることは、ここで生活するにあたり小玉を楽にしてくれた。けれど小玉がそういう楽をして生活していたことで、梅花のような、小玉にとって大事な人間に苦労をさせたところがある。自覚していなかったころならともかく、今はそれをよしとしたままではいられない。

とはいえ、元をたどっていくとここ後宮で生活するということを一方的に決めたのは文林で、それについては……。

「いや、ますます腹立ってきたわ……。今後、何度でも蒸しかえしてくつもりだから、そのつもりでいて」

「そうか」

文林が少しも動揺していないことに、かすかだがさらに腹が立った。

しかしその姿が物理的に揺れ、驚いた。

「……っと」

小玉は躓《つまず》いた文林にとっさに手を伸ばそうとしたが、助けが必要なほどのものでもないようで、彼はすぐに姿勢を正した。

びっくりした。一瞬、自分の願いがなんかに聞きとどけられてしまったのかと思った。

伸ばしかけた手の行き場がなくて、小玉はなんとなく握って開いてみる。まあいいか、そういえば彼は女性には今触られたくないんだったから。

そうなるとさっき肩を叩《たた》いたのは、あまりいいことではなかったな……と、小玉は少し反省したが、そもそも報復として出した手なのだから、相手に痛手を与えてしまったと省みるのもおかしい話。

「あんた……だいぶ筋肉落ちてるね」

「筋肉というより、めまいだな」

「それは……例の件で？」

文林の心身に痛手を与えた茹昭儀《じょしょうぎ》のことを小玉がほのめかすと、文林は苦笑いした。

「いや、前からたまにめまいだとか頭痛だとかがすることはあった。ただ……確かに最近増えてはいるな」

小玉は眉《まゆ》をひそめた。

「前から？　聞いてないわよあたし」

「最初はそれほどの頻度じゃあなかったし、疲労のせいだと思ってたんだ」

特に印象に残ってる発症事例が、文林自身大いに頭を使っている自覚があるときだったというのだから、小玉も納得した。

坏胡《はいこ》にどの女を送るべきか考えていたときとか、梅花が体調不良でずいぶん痩《や》せたときとか……。

「それは確かに、頭疲れてるときね……」

梅花の件については、小玉もだいぶ頭を悩ませた覚えがある。

「それは、ちゃんと医師に言ってるの？」

「言ってるに決まってるだろ。お前に言うよりはるかに先に。でなけりゃ宮廷医師の価値がない」

「そりゃそうだ」

「もちろん、側仕《そばづか》えの太監《たいかん》たちも把握している」

言いながら文林は、前方を歩く賢恭に目をやった。

なら自分の出番はないなと小玉は思った。必要なら、皇帝づきの医師から、後宮で提供する食事や、文林が来るときに焚《た》く香について指示が来るはず。今のところ小玉には、そういった伝達は届いていない。

とはいえ今の小玉は皇后ではなく、ただの充媛《じゅうえん》の身だ。しかも後宮に復帰直後の身。序列からいってそういった事項が耳に入るのは、どうしても遅めになる。帝姫《ていき》という、後宮でも数少ない皇帝の子の面倒を見ているぶん、皇帝の足が向く可能性は高いという点を考慮されているとしても。

それにもしかしたら、誰かが意図的にどこかで指示を遮断している可能性もある。

――これは後で、李賢妃《りけんぴ》に確認……。

やることを頭にしっかり刻んでおく。今は使える手勢がほぼいない。自分がしっかり考えなくてはならない。

本当は、手勢の有無関係なしに考えるべきことではあるのだけれど……そう思うと、梅花には本当に申しわけなかったと小玉は思った。せめて彼女の生前、出来ていないことについてもうちょっと自覚的でいたかった。

「女官」

「え？」

端的な言葉を聞き逃し、小玉は聞きかえした。

「袁《えん》氏だったか」

「ああ、さっきの件？」

仙娥の遺言により、引きとることになったという、遺恨ありまくりな関係の女官である。さっきの態度からもわかるとおり、打ち解けては、いない。

「あれはお前の下に置いていいのか」

言外に始末をほのめかされ、小玉はひとつため息をついた。

「あたしのためにはならないと思う」

「ほう？」

「でもあの子のためには、必要な存在よ。あの子の絶対的な味方は、今のところ後宮に彼女だけだから」

いや、この国全体に広げても、彼女しかいまい。

小玉自身でさえ、あの茹昭儀の娘の絶対的な味方でいられる自信はまったくない。ある日突然、彼女が側にいることが、心情的に耐えられなくなってしまうかもしれない。あるいは彼女が成人する前に、小玉がぽっくり死んでしまうこともあるかもしれない。

「乳母も結局、内定していた人に不幸が出ちゃったらしいから、あたしの……というか、鴻《こう》の乳母の伝手《つて》で手配することになって、彼女、心配なんでしょう。あたしたちがあの子を殺《あや》めないか」

仙娥は乳母のことまで、手が回らなかったのだろう。茹王《じょおう》の死の直後で仙娥の精神はがたがたになり、そして仙娥の母方の身内は、母に対する話しぶりからすると頼るつもりもなく……その結果、自分が陥れた小玉に頼らざるをえなくなってしまったのだから、人生というのはどう転ぶかわからないものだ。

仙娥の人生の巻きぞえを食った代表は、側仕えだった袁氏だろう。亡き主《あるじ》への忠義のため、彼女は今必死で遺児を守っている。きっと彼女にとって周囲のすべてが敵なのだ。先ほど袁氏が、物音で部屋に踏みこんだあたりにその心情がうかがえる。

小玉たちは部屋から人払いはしたものの、「絶対に入るな」とは言っていない。だから入室するかどうかは、それぞれの判断になる。

賢恭は小玉たちのことをよく知り、（ある意味）信用しているから入ってこなかった。

彼女は小玉たちのことをよく知っているかどうかはともかくとして、信用していないから入ってきた。


「女官としての働きぶりに、文句はないわ。それに対外的に考えても、さっきの行動は帝姫の身の安全を図っているんだから褒めてやってもいい」

「他の女官が戻ってきたときに示しがつかないぞ」

「そうね」

なんだかんだいって、さっきの彼女の態度は、他に人目がなかったから見逃されたようなものだ。

「それはあたしも彼女もわかっている。今あたしたちは関係を築いているところなの。清くも正しくも美しくもない関係だとしてもね。女官たちが戻ってくるころには、それは完成させておく。間違いなく」

「そうか」

ところで、二人は現在立ちどまっている。

廊下の長さが足りなくて。

いくら広い後宮の、紅霞宮《こうかきゅう》ほどではなくとも立派な宮の廊下とはいえ、これほどの情報量の会話中ずっと歩きつづけていられるほど長くはない。

外に出る手前で直立および無言の賢恭。その背後、不自然に広い間隔をあけて立ち話をする小玉と文林。

俯瞰《ふかん》してみたら、多分かなり異様なはず。

「ところで、だ」

「まだなんかあるの？」

小玉は声に少し険をにじませた。もういいかげん文林を追いだしたい。

さすがに賢恭に対し申しわけなくなってきたし、くどいようだがさっきの文林の発言について考えを整理したい。

「今日、帝姫の名前を相談するつもりだったんだが、すっかりそれどころじゃなくなったんだよな……」

「あっ……」

生まれた直後の赤子の命名ほったらかして、痴話喧嘩《ちわげんか》。

こんなひどい話、なかなかない。

「出る、か」

「うん……」

しかし、さすがにこのまま立ち話を続けるわけにもいかなかった。

若干落ち込みながら、小玉は文林の後について宮から出た。門の前には輿《こし》と担ぎ手が控えている。

賢恭の手を借りながら輿に乗る文林を見ながら、そういえば前はあいつ歩きで来てたよな……と以前の彼のことを思った。今日文林が輿で来たのは、こやつも順調に老いているからなのかなと思っていたが、めまいで足がもつれることが何度も起こっているからなのであれば、これはちょっとやっかいだぞと危機感を持つ。

身分が高ければ高いほど色んなものを盛る文化上、皇帝ともなれば普段着ている服でも十分重いし頭からつま先まで装飾も多い。つまり、ちょっと躓いただけで転倒しかねないし、怪我もしやすい。

そしてその場合、痛い目を見るのは皇帝だけではない。きちんと警告を発さなかった医師が処罰されるのだ。仮に皇帝が医師の警告を無視したとしてもだ。

あと、そのときたまたま近くにいた人間も、罰される可能性がある。これは完全にとばっちり。

貴人が下の者にとって理不尽にならないように生きるのは、かなりたいへんなことで、それでいて必須事項だ。文林はそれができている。小玉はそれができていなくて、しかも何年も無自覚だった。そのわりに大事故が起きていなかったのは、周囲のおかげ。

自覚して無視するのと、無自覚に無視するのでは、前者のほうが罪が重いが、後者のほうは始末に負えない。

担ぎ手が立ちあがるのに合わせて、小玉は礼をとる。

「お見送りいたします」

「ではな充媛。帝姫を頼む」

「御意」

かなり長い間頭を下げ、小玉は顔を上げた。

もうだいぶ小さくなった文林の輿を見やると、左前に紅燕が住む宮、そしてその先、右手奥に紅霞宮がある。

あの宮は今、立ち入りが禁止されている。仙娥が投入した毒物のせいで、人が住める状態ではないからである。とはいえ仙娥の所業は表向き伏せられているので、もっともらしい理由がつけられている。

紅霞宮は代々皇后に与えられることの多い宮だが、小玉が皇后を廃されて皇后位は現在空席であるため、当然宮を使う者もいない……という建前。

実際、小玉が皇后のままだったら、あそこに住んだまま毒の除去を同時並行で行うことになっていたはずなので、その点でも廃されてよかったかな、と思っている。

それにしても毒物というのは、水中でも固形のままなのだろうか。仮に固形で、それを取り除けたとしても、水に毒は残らないのだろうか。

その道にも詳しくない小玉にはわからない。実は詳しい人にもよくわからないらしい。

現在、毒の除去がひっそりと行われているが、おおっぴらに動けないうえにやってる側も試行錯誤している最中らしいので、多分見通しは悪い。後々罪人の体を使って、毒が除去されたか実験をするらしい。

冤罪《えんざい》の人間を使うことになったら断固抗議するつもりだが、重罪人ならかまわないかと小玉は思う。小玉はわりと多方面に心が広い人間であるが、こういうことについては深く考えていなかった。真桂《しんけい》が反対していると聞いて、へえ、と思う程度。

だいたいあの麗丹《れいたん》なんて、罪もやる必要もないのに自分で人体実験していたから……とか小玉は思っている。

なお、彼女は順調に回復していて、今も元気に小玉に小言を垂れている。今小玉が住んでいる宮の裏に、女官たちが控える六局《りくきょく》があり、女官たちが顔を出しやすいのである。

たち、といってもやってくるのは主に麗丹なんだが。

迷惑……いやいや、そんなことを思っちゃいけない。この立地だからこそ、宮に常につく女官がいなくてもなんとか回せているので、文句はいえない。

なお小玉に元々仕えてくれていた女官たちは、小玉が離宮に行った際に随行した状態のまま戻ってきていない。随行された小玉が後宮にいるというのに、これもなかなかへんな話である。

冷宮にぶちこまれる直前、小玉が一度宮城に戻った際に、彼女たちを離宮に残しておいたら「廃后《はいこう》に協力していないか取り調べのために」という名目でそのまま留《とど》められてしまったのだ。といっても実質は療養の延長なので問題はない。そして彼女らもまあまあ回復しているらしい。彼女たちの世話をする雪苑《せつえん》たちの献身が、めざましいものだったとか。

思えば毒にやられた女官たちはもちろん、雪苑たちもとんだ災難に見舞われたものだ。最高責任者とされた小玉も、直接指示する綵《さい》も、ちょっと宮城に戻った間にいきなり冷宮送りなんて事態になってしまったんだから。

ついでに清喜《せいき》も自主的に冷宮に飛びこんでいったし――あいつ去勢も自主的だったし、

自主性の塊だな——文林と麗丹が配慮してやったにしても、彼女たち、投げださずによくやったものだ。後々適当な理由をつけて報奨を与えるよう手配したいと、麗丹が言っていた。

さて小玉が現在与えられているのは、甘霖宮《かんりんきゅう》だ。前に充媛《じゅうえん》だったころも住んでいた場所であり、勝手はよくわかっている。後宮の南東にあり、端っこといえば端っこ。とはいえ文林の宮からの直線距離自体は、まあまあ近い。実際に行き来するには、門とか通路とかの都合で時間はかかるけれど。

なお後宮内の常識では、一番端っこは北西の宮であり、そこの宮は昔先帝と、とある女官の密《ひそ》かな逢瀬《おうせ》の場だったと文林から聞いた。

——そういえば旻《びん》元気かな……。

その二人の愛の結晶は今、綵の異母妹という体裁で引きとられているのだが、「異母姉」がまだ冷宮にいることにやきもきしていると思われる。

とはいえ綵については近々、帝姫《ていき》のお披露目に際して恩赦で出してやれるはずだから、少しは安心してくれるといいのだが。その前に帝姫の名前、本当にどうしよう。ああそういえば、綵のお腹の子のことも気になる……。

やることも考えることもけっこうあって、なんか文林のことは後回しでいい気がしてきた。めんどくさい時期にこっちの感情引っかきまわしてくれたな、と小玉は小さく舌打ちした。

もう目線の先に文林たちは影もかたちもない。ここまでしっかりお見送りしたんだから、自分は出来た妃嬪《ひひん》だと小玉は踵《きびす》を返した。

風が出てきた。鬘《かつら》から少しほつれていた髪が、左頬をくすぐる。小玉はそれを耳にひっかけて、足を速める。

「お帰りなさいませ」

帝姫の部屋に戻ると、入り口の前で貞が頭を下げる。

「先ほどの件について、なにか言うことは」

「ございます。わたくしの落ち度です」

「そう。じゃあ後で反省点を聞かせて」

「はい」

これは端から見たら、まだるっこしいやりとりかもしれない。けれども文林にも言ったが、彼女との関係性がなんとなく形になりかけている気がする。

貞は主《あるじ》の遺児である帝姫を守り、育てたい。小玉も……動機が複雑であるが、帝姫を守り、育てたい。

目的は一緒なので、どこかでこう……なんかいい感じにまとまるんじゃないかと思っていたし、今まとまってる感じがある。

我ながら、ふわっとしてる。

その完成形がいいものになるかどうかはわからないが、形が決まってから次の一手を決めようと小玉は考えていた。

とはいえ別に自分たちが麗しい関係になれる、とひたむきに信じているわけではない。修復しようがないくらい悪化するかもしれないし、そうなったらそれこそ文林がほのめかしたように、処分を考えるのも選択肢の一つだ。

その場合、死ぬ間際の彼女に手を嚙《か》まれぬよう気をつけなければ。あの仙娥だったら、貞と帝姫のためになにかえげつない反撃材料を遺《のこ》しているかもしれない。

小玉はなるべく優しい人間でいたいが、自分が優しいだけの人間ではいられないとも思っている。

「入っても？」

「はい」

帝姫は奥の部屋で、乳母から乳を与えられていた。いい飲みっぷりだ。

生まれた直後、体調を崩すことも多く、お披露目どころか名付けも後回しにして、小玉と貞と六局から出向の女官たちは対応にてんてこ舞いだった。そう思うと元気いっぱい食欲もりもりな今の様子に感慨ぶかさを覚える。

「お帰りなさいませ」

帝姫を抱えたまま、乳母が頭を下げる。さっきは六局に家から届いた手紙を受けとりに行っていて、不在だったはずなのだが、いつの間にか戻ってきていたらしい。

「ああ、裏口から戻ってきたの」

「はい。あちらで、大家がお越しだと耳にいたしましたので、輿の進みの妨げになってはいけないと」

「いつも裏口使っていいのよ」

いつも彼女、真面目に正面から出入りしているが、この宮と六局の立地上、裏口から出入りしたほうが圧倒的に楽である。

「そういうわけにも」

控えめに微笑《ほほえ》む彼女は、伯母《おば》である鴻の乳母によく似ている。

帝姫の今の乳母は、鴻の乳母の妹の長女にあたる。まだ娘といってもおかしくない年頃で、阿蓮《あれん》の長女よりも若い。母を早くに亡くして、弟妹たちの世話に追われた結果婚期が遅れた伯母と違い、婚期まっただ中でまっとうに嫁いだお嬢さんだ。

「お家《うち》のほう、皆お元気?」

「はい」

嬉《うれ》しそうに笑う彼女は、夫と子どものことが恋しくてしかたないのだろう。

まだ年若いという年齢面はもちろん、生家も嫁ぎ先も妃嬪《ひひん》に連なる家の出でもなく、事前の打診もなかったところ、いきなり「乳母になれ」とか無茶このうえない頼みを聞いてくれたのは、一族にとって大恩ある伯母の頼みだからである。

「子どものことも、姑《しゅうとめ》や叔母《おば》たちがよく見てくれているそうで……手紙に紐《ひも》が入っていたのです。子どもの身長を測った紐です。これくらい背が伸びたと……」

――あ、だめ。そういう話聞くと胸の奥がぎゅうってなる。

こちらの勝手な都合で母親から子を引き離していることを実感して、いたたまれないったらない。

思わず目線がさまよってしまった小玉は貞と目があった。彼女もちょっと心苦しそうだった。小玉の人脈経由で手配した乳母に警戒しているとはいえ、それはそれでこの自身より年若い娘に対し、非情に徹しきれない部分はあるらしい。

「叔父のところの従妹《いとこ》も、お乳もよく出るようになったそうです。近々代わることができると……」

「そう、それはよかった」

無理を押して来てもらった彼女は、あくまで一時的な乳母である。二か月を期限に別の娘と交代することになっていた。彼女にも家庭があるので、こちらとしても文句はない。次に来る予定の乳母はこれまた鴻の乳母の姪《めい》で、弟の娘にあたるのだという。

こういうとき一族の力って強いんだなと、小玉は思う。小玉にとって今身内と呼べるのは甥《おい》の丙《へい》くらいだ。こういう件ではまったく頼りにならない……いやそんなことを考えるのは身勝手だ。彼も別件ではすごく役に立ってくれてはいるのだ。はるか遠い馮《ふう》王領で、明慧《めいけい》と樹華《じゅか》の遺児・誠《せい》の世話をしている。

「その、従妹が思ったより早く動けそうなので、予定を前倒しにしてもよいか、充媛さまに伺うようにと」

「それは……」

小玉は貞と目を合わせた。

――特に問題ないよね。

――ないですね。

ここは目線だけで意見が一致した。

「大丈夫よ」

「そうですか」

乳母が嬉しそうにしている。早く我が子に会いたいのだろう。

「ただ……帝姫さまはだいぶ健啖《けんたん》になっておいでですので、将来的には乳母がもう一人おりますと、従妹も楽になるかと」

「それは……ちょっと考えてみる」

本当は前から考えているし、当てもあることなのだが、今はまだ貞の前で口に出すのはやめておきたいと思っている。

小玉としては、できれば絲を乳母に迎えたいと思っている。

小玉と一緒に冷宮に入る際に武官としての身分は喪失しているが、母親は高官で、個人的に付きあいが長く小玉が人品も把握している。さらに言ってしまえば、彼女はいわば小玉のせいで失業してしまったようなものなので、その償いとしての雇用の確保という意味あいもある。

問題は、これまた小玉縁《ゆかり》の人間になること。

そのせいで、話を持ちだしたら貞がまたぴりぴりするのではないかということが、気にかかってしまう。

——徐尚宮《じょしょうきゅう》に相談してみよう。

なんやかんや言い合いしてても、頼りになる相手である。ただしありがたいと思うより先に、なんかいけすかないなと思ってしまうあたりが、小玉にとってはちょっと特殊な間柄の人間だ。

乳母の乳房から顔を離した帝姫が、少しだけ乳を吐きだしながらけぷぅと息を吐く。

彼女の顔の中に文林に似ている部分、似ていない部分を探して、後者のほうに安心してしまう自分を小玉は実感していた。

そんなことを考えてたら、帝姫の尻《しり》からぶっと音が出た。

「おむつ替えましょ」

「はい」

入れたら、出す。

実に健康的だ。

※

「充媛《じゅうえん》さま。お湯の支度が整ったそうです」

「はい」

食事の後、小玉は帝姫《ていき》たちを連れて、裏口近くの小部屋に入った。

中には大きい盥《たらい》と小さな盥、そしていくつかの桶《おけ》。お湯だの水だのがなみなみと湛《たた》えられている。これが本日の風呂《ふろ》。

この宮にもまあまあ立派な浴槽はあるが、常駐する女官がいないぶん、宦官《かんがん》たちになにかと負担がかかる。元々入浴は数日に一回くらいのことではあるが、彼らの負担を考えて今の小玉は盥に湯張りしてもらっている。

また彼らが湯を持ってきたり捨てたりする手間を考えて、私室ではなく外に近い小部屋で入浴することにしている。ついでに帝姫の体も小玉が洗う。

小玉としてはかえって気楽。

そして気楽だと思える自分に、少しほっとしてもいた。

一度生活の水準を上げると、下がったときになかなか順応できないというから……とはいっても、直前の冷宮生活が過酷で、なおかつ否《いや》でも順応しなくちゃいけなかったから、それで生活水準の感覚が一回ぶっ壊れたのかもしれない。

そんなことを考えながら、小玉はまず下着だけの姿になると、袖《そで》を捲《まく》りあげて小さな盥のほうに手を浸した。

意味もなく天井を見上げ、湯をちゃぽちゃぽかきまぜる。

「……もうちょっとぬるめがいいな」

「はい、水を足します」

貞がすかさず脇の桶から水を足して、湯加減を調整する。

小玉は、もう一度湯に手をつける。

「よし。じゃあ帝姫を」

「はい」

小玉は帝姫を、乳母から受けとった。帝姫は乳母の手によって、すでに全裸に剝《む》かれている。帝姫はげんこつをしゃぶりながら、さっき小玉が意味もなく見ていた天井を、これまたおそらく意味もなく見ている。

「はい、じゃあ帝姫、入りますよ～」

小玉は小さな盥に帝姫の体をゆっくりと入れる。

盥の底に帝姫の体がついた時点で、ほっとため息がもれた。

帝姫ではなく、小玉の口から。

まだそれほどの月齢ではないため、なにかあればすぐ壊れてしまいそうな体に。しかも濡《ぬ》れた赤子の体は、どうしてこんなにって思うくらいすべりやすいうえに、手のひっかかる部分が少ないから緊張してしまう。

反面身じろぎしたとしても、それほど大きく動くことがないから、持ちあげた瞬間に帝姫が暴れて手から落とす可能性が低いのはありがたい。

「貞、お湯かけて大丈夫。支えてるから」

「はい」

貞は大きな盥から湯を汲《く》み、水で湯加減を調整して帝姫にかける。

まだ表情を動かすこともほとんどできない帝姫であるが、湯に浸《つ》けるとまんざらでもない雰囲気が漂ってくる。というか嫌な場合、即座に泣くはずだから、その点赤子はわかりやすくていい。

「はい、帝姫。今日もいい子でした」

「はい、こちらへどうぞ」

帝姫を湯から引きあげると、広げた布を両手に持った乳母が受けとる。

ちなみにこれらのこと、普通は女官がやる。

もちろん鴻を育てたときも小玉は彼を風呂に入れたことがあったが、あれはやりたいときに、あるいは鴻の希望があったときにやっていた。今はやりたいやりたくないは別にして、他にやる人間がいない。

現状が気楽だと思っているのは嘘《うそ》ではない。嘘ではないが……それはそれとして、小玉たちは女官たちが戻ってきてくれることを、切に願っている。


さて乳母と貞が、湯上がりの帝姫に服を着せている間、小玉は空になった桶をひっくり返して腰掛け、鬘《かつら》を外す準備を行う。

小玉が虱《しらみ》駆除のために頭を丸刈りにしてから、もう数か月経っている。多少髪は伸びたものの、結うどころか付け毛を固定できるほどの長さにもなっていないので、依然鬘を愛用している。

これがまた急ごしらえなこともあって、単に頭に載せているだけだと、ずれることずれること……。よって日常生活を送るためには、かなり強引に頭に固定させる必要がある。

当然外すときもかなり強引にやらなくてはならないが、毎日着脱すると鬘が傷むので、最近は風呂の際にだけ。

身支度を調えた帝姫を抱え、乳母が一礼する。

「充媛さま。それでは帝姫さまとお部屋に戻ります」

「はい、よろしく……貞」

「はい。失礼します」

貞が小玉の頭に手をかけ、べりべりとはがしはじめる。音からして鬘が傷みそうだし、小玉の頭は実際に痛む工程だ。小玉は瞑想《めいそう》でもするかのような面持ちで首に力を込め、上に引っぱられる力に抵抗しながら、耐えしのぶ。

「はい。終わりました」

「あ、待って」

「はい」

持ちさろうとする貞を押しとどめて、小玉は鬘を手にとる。

「どうなさいましたか」

「左の鬢《びん》のあたり……ここ、この部分、けっこうほつれているの。わかる?」

貞が小玉の手元を覗《のぞ》きこむ。

「はい、わかります」

「これ、直せる？」

貞はちょっと困った顔になりながら、ほつれた部分を指で撫《な》ぜる。

「応急処置になりますが、膠《にかわ》でなんとかできるかと」

「それでいいわ」

頷《うなず》き、小玉は今度こそ貞に鬘を渡す。

「乾くまでお時間いただきますが」

小玉は顎《あご》に手を当てる。明日《あした》、明後日《あさって》はなにをするんだったか……それほど大きな用事はなかったはずだ。

「どれくらいで済みそう？」

「天気次第ですが、おそらく明日で」

「そう。明日は頭に布巻くわ」

明日は来客がなければいいと思いながら小玉は頷いた。妃嬪《ひひん》として、物言いを許すような隙を作ってはいけない。作ったとしても見せてはいけない。くどいようだが自分は「無罪になった」わけではなく、「罪を許された」立場なのだ。

実際がどうであれ、そういうことになっているのだから、つとめて控えめに、ふさわしい振るまいを心がけねばならない。

けれども自分自身、ここで生きていくからには、ここでのやりかたできちんと生きようと思っている。できれば女官たちからの「小言」というかたちで押しつけられるものではなく、小玉なりにここでのやり方を飲みこんだうえで、女官たちと意見を交換しあう程度のやりとりで。

小玉は頭から湯をかぶった。

きっと前からそうしていたら、ここの生活もここの生活なりに楽しめていたのではないか……と小玉は思ってはいる。

とはいえかつてはかつてで、型破りな振るまいが自分自身の精神にとっても、また自分は意図していない妃嬪たちのご機嫌とりのためにも必要だった……と、思うこともある。

思考がどちらに傾くかは、日による。後悔するときもあればしないときもある……という感じ。自分にとってもっとも甘くなれるのは自分で、また厳しくなれるのも自分なのだということだろう。

貞が鬘を片づけてくる間に頭を洗ってしまおうと、雑穀のとぎ汁が入った桶に手を伸ばした。

短い髪は洗うのが楽である。さほど経たないうちに小玉は頭を洗いあげ、そして貞も戻ってきた。

「お背中流します」

「お願い」

自分で体を洗うのは気が楽とはいえ、やはり背中は誰かに洗ってもらったほうが腕が楽。

大人しく貞にあかすりを渡した。

「先ほどの件ですが」

「ああ、反省点」

「わたくしには、先ほどは……たとえ無礼でもああいう反応しかできなかった、と」

潔い。そういうところ嫌いではない。

「自分が罰されても？」

「はい」

でもこの場合は駄目だ。

「ふうん。あなたが処刑されたあと、帝姫が誰かに害されたとしても？」

まあ、処刑する前に貞はなにかしら手は打つのだろうが。

「…………」

貞の、あかすりを動かす手が止まった。

ここで黙って話を続けたとしても、湯冷めするだけなので、小玉は容赦なく促す。

「手」

「あ、はい……」

再び手が動きだしたのを確認しながら、小玉は再び口を開いた。

「わたくしを信じないことについて、反省しろと言っているわけではないの。この宮で帝《てい》姫《き》を守れるのがあなただけしかいないと思うのなら、帝姫を守る自分の保身も考えて動きなさい」

「……はい」

これは格好つけるための建前ではなく、掛け値なしに本音。さっき文林にも言ったとおり、小玉は自分が帝姫の絶対的な味方でいられる自信はない。

だから鴻の養育を任されたときとは全然違う。

鴻の世話も、皇帝に命じられたという義務によるものだったが、小玉にとっての内実は違った。元部下で友人の子の世話を頼まれ、引き受けたという認識だ。自分で言うのもなんだが、小玉の善意で携わりはじめた。もちろん継続する中で、鴻本人に対する愛情は芽生えたが。

翻って、帝姫の世話は自分の恩赦と引き換えに行う義務だ。失敗したら仙娥の遺志を汲んだ貞がなにかしら手を打って、小玉の身を窮地に追いやろうとするかもしれないという、自分のなにかを人質に取られている感覚に常に縛られている。

帝姫と接すればかわいいと思う。

世話にかける時間と手間が増えれば増えるほど。

けれどもそれは仕事に愛着を持つのに似ているのではないか、と思うのだ。仮に汚れ仕事であったとしても。仕事は仕事だ。この感覚が、鴻に対するものと同じ愛情に変わる自信はない。

それに帝姫は、文林に無理強いした女の産んだ、文林の子かもしれないという存在だ。割りきるには、小玉にとってあまりにも複雑すぎる相手。

あの子自身のせいではない。

前提が平坦《へいたん》な関係であの子の世話をしていれば、きっと愛せただろうと思う程度には、小玉は自分自身の善性を信じていた。

もし鴻が文林と決定的に対立するのであれば、小玉は心を痛め、二人の関係を取りもとうとするし、距離を置くよう働きかけるにしても双方に傷が少ないようにと気を配るだろう。二人のために。

けれども帝姫に対しては、もし彼女の存在が文林を決定的に傷つけるならば、文林の気持ちを優先して遠ざけることも念頭においている。余力があれば帝姫にとってなるべくよいように取りはからうくらいはするだろうが、あくまで文林のために、と考える。

「……流します」

「お願い」

背中に湯をかけられ、小玉はほっと息をはいた。入浴の最中も気を張る人生って、なかなかしんどい。

そして貞に対して思う。まあ君は頑張ってるよ……と。

これは口に出さない。褒めたところで相手が喜ぶわけないから。でも本当にそう思ってる。悪感情しかない相手に仕えてて、これだけ仕事できてるんだから。

あと貞がまあまあ不信感を持って小玉に接しているところがありありなのも、わかりやすくて悪くないと思っている。これで隙なくにこやかに接せられたら、側に置きつづけることについてはもう少し悩んでいたところ。

小玉にとってわりと底が浅い相手だからこそ、余裕ぶって振るまえるということだ。格下に見ているともいえる。

――ある意味釣りあいのとれた関係じゃないかな、あたしたち。

渡された布でわしわし頭を拭《ふ》きながら、小玉はそんなことを思う。これを口に出して笑いあえる日が来たら、そりゃもう奇跡的なことだろう。

まあ、そんな感じで、心の中ではわりと波風立っているが、表向きの過ごし方としてはわりと平坦な日々を過ごしている。

※

――あらやだ、あたしやっぱりけっこう歳なんだろか。

なんてことを思いはじめたのは、そこから更に三日ほど経った、文林の訪れの後のことである。

「あっ……また忘れてた」

文林を見送った小玉は、右手を額に当ててはあと息を吐いた。

なにを忘れてたって、帝姫の名付けのことである。

ものすごい自己嫌悪が小玉を襲う。

「あんたの髭《ひげ》似合わないんだわ」とか嫌みまじりに言ってる場合じゃなかった。「お前だって化粧そんなに似合ってないけど、かといって妃嬪《ひひん》としてしないわけにはいかないのと同じ」って、ぐうの音も出ない返され方したし。

――というか、あいつが忘れるなよな～。

この点、話を持ち出し忘れた文林のほうが、罪は重い。結局帝姫は小玉の娘じゃなくて、文林の娘（多分）ということになっているんだから。

ただ文林については、他に話すことがたくさんあったからなんだろう……まだ冷宮にいる綵と清喜の健康の話とか、もう小玉の手から離れちゃった武国士監《ぶこくしかん》の進捗の話とか、鴻がちょっとやさぐれはじめてる話とか。

特に一番最後の。

小玉にとっても、これ大事な話。

にしたって、我ながら「そんなこと忘れるってある？」って思う。これが鴻のことだったら、こんなこと起こらなかった……はず。実際に彼を養育しはじめたのは命名後のことだから、仮定の話でしかないのだが。

帝姫に対し含むところがあるのを踏まえたうえで、小玉はよき養母としてというのが無理であっても、よき保護者、よき養育者でありたいと思っていた。そして意識的にそう振るまっていたつもりだった。

そのぶん無意識下で帝姫に対して粗雑である自分に気づいたとき、自分の中にある齟齬《そご》で猛烈な違和感に見舞われる。

この失態、いっそ歳のせいであってほしい。素でこれだったら、自分の人間性に対する自己評価をかなり下方修正する必要がある。

丙なんて何年も無名とか呼ばれてたけど、あれとはまた事情が違う。

しかも帝姫の、遅れに遅れたお披露目が月末。

もしその時点で名前が決まってなかったら、帝姫の人生にけちがつく。

いやもうこれは、自分から動くしかない。

以前だったら皇帝に直接手紙を出して云々《うんぬん》とかいえたから、もう少し待っていよう……なんて余裕を持てた。しかし今は地位も下がったし、なにより凶状持ちということになっている立場だ。小玉も意識的に上位の妃嬪を通すことにしているから、なにをするにしても時間をかけて手続きを踏むことになる。これで余裕たっぷりに文林を待ってた結果、手遅れになってしまった……なんてことがあったら、目も当てられない。

小玉は急いで宮の中に入ると、手近なところにいた宦官《かんがん》に先触れを頼んだ。

そして帝姫をあやしていた貞のところに向かう。

「これから賢妃《けんぴ》さまのところに伺います。身支度を手伝って」

そして現在、上位の妃嬪というのが馮貴妃《きひ》と李賢妃だけ。正直前者は……最近小玉が目の前に立っただけで、「そんなのありえない！」とか「あんまりだわ！」とか叫んで、用件を通してもらうどころではないから、選ぶとしたらどう考えても後者。

選ばれた真桂本人も同意見のようで、「貴妃さまの神経を逆なでしてはいけないから、わたくしのほうに来るように」と、命令するかたちで小玉の判断を支持してくれている。ありがとう。そして仕事増やしてごめんなさい。

「では、留守番よろしく」

「行ってらっしゃいませ」

戻ってきた先触れをそのままお供にし、小玉は真桂の宮に向かった。彼に対しても急に仕事増やしてごめんと思っている。

「問題ございません。大きな役割を後進に引きついでもらい、余裕ができているところでしたので」

と言ってくれるが、小玉の宮は女官たちが籍を置いているのに不在という、ちょっと複雑なかたちで人手不足なので、全体的に見れば仕事は増えているはずなのだ。

一時期は小玉の宮の警備責任者をしていた彼だが、最近身体の衰えが目立つ……ということで、妻である女官とともに養育していた実質養子の弟子が、現在その役割を担っている。なお妻は今離宮にいる女官の一人だ。

「……それに急に楽になってしまうと、反動で一気に老いが襲ってきそうでして」

「まあ、わからないでもないわね」

小玉は彼と、けっこう気安い間柄である。彼の出身が元々武門の家だったそうで、当初から小玉や清喜に対し好意的な相手だった。

ただ賢恭と同様、幼少期に去勢されて後宮に放りこまれた彼には、実をいうと武官としての経験はない。賢恭と違い、宦官から武官になるという道は、むしろ家のせいで閉ざされていたのだ。彼が武官になると、派閥を作っていると粛正台《しゅくせいだい》あたりに疑われるから……と生家に妨害されたらしい。

救いようがないのは、本人が武官に憧《あこが》れを持っていたことだろう。個人の夢が家に潰《つぶ》されるという話はけっこう聞くが、彼みたいな例はそれほど聞かない。そしてなかなかに嫌な話だ。希少と貴重が直結しない好例の一つである。

これで、だからといって腐らず職務に邁進《まいしん》する……という感じであれば、ただの気の毒でいい人なのだが、賢恭のことがだいぶ嫌いだったり、憧れの反動でか武官としての形式

——それもけっこう古くて、現役の人間はあんまり気にしない——にこだわったりするところがあるので、癖は強い人材である。

後宮、だいたいそんな感じのやつばっかりいる場所。

なんだかんだで、清喜が溶けこんだのも納得できる場所。

——そしてそんな中でも、「あいつはやばい」と言われる清喜の癖の強さよ……。

やっぱあいつすごいよ、小玉が考えていると、宦官がためらいがちに問いかける。

「……充媛《じゅうえん》さまは、もう武官としてお働きにならんのでしょうか」

暗に「戦われないのですか？」と言われて、小玉は苦笑いした。彼の武官に対する憧れを投影されていた自覚はある。

「……今は、そんなに情勢も悪化していない感じでね」

最近、寛《かん》と康《こう》の間で、後に「盛大で殺伐とした夫婦喧嘩《げんか》」と言われる事態が起こりかけているのだが、その片鱗《へんりん》は小玉の耳にも届いていた。

今後どうなるかはまだ不透明だが、両国同士がいがみあっている間は、双方この宸《しん》に介入する余裕はない。文林も文林であえて火中の栗《くり》を拾うような人間でもない。他人の不幸は蜜《みつ》の味ともいうが、両国の不穏は我が国の平穏ということで、小玉があえて武官として出る場は当分なさそうだった。

「平穏なのはよいことですな」

小玉のあいまいな回答を突くこともせず、宦官も苦笑いした。

それを見て、彼は憧れのためだけに問いかけてきたわけじゃあないんだなと小玉は思う。

彼も後宮で、宦官として人生の大半を過ごしている人間だ。

「そうね」

――もう戦われないのですか。

これが妃嬪から――小玉の脳裏に紅燕の姿がぽんと浮かんだ――問われたのなら、小玉はちょっと怒鳴りたくなったかもしれない。彼女たちがそういうことを言うのは、十中八九そういう小玉に憧れているからだ。自分がそうなりたいという類《たぐい》ではなく、それを出汁《だし》にきゃあきゃあ騒ぎたいという類の。

自分の好きなものを見たい、騒ぎたいという気持ちは小玉にだってわかる。

だって楽しい。

鬱々《うつうつ》と日々を過ごすよりずっといい。

けれども楽しみのために戦が起きてほしい、楽しみのために死地に行ってほしいと言われるほうはいい気持ちがしない。本人にそのつもりがあっても、なくても。

とはいえ、小玉が成り行き上戦わねばならないとして、その姿を見た相手が楽しむのであれば、たくましいとか前向きだなと評価できる。同時に不謹慎だなとも思うが。

こめかみに手を当て、小玉はちょっと笑う。

「ふふ」

「おや、なにかよいことでもおありでしたか？」

「ええ。平穏なのはよいことと、って本当にそうだなと思って」

なんだかんだ、戦いが起きそうにないからこんなことを考えられるのだなということに気づくと、まあ悪い気はしない。別に小玉が勝ちとった平穏じゃないけれど。

「平和なら平和で土木工事も盛んになるし、忙しいことには変わりないわ」

正直、小玉がいちばん好きな仕事である。また灌漑《かんがい》とかやりたい。

「ああ……それも軍にとって大事なお務めですからな」

したり顔で宦官が頷《うなず》く。

土木工事のために軍に復帰できたら最高に嬉《うれ》しいんだけどな、と小玉は思っているが、無理だろうなとも思ってる。戦いのためならともかく、土木工事させるためだけに妃嬪に軍を率いさせた例は、いくらこの国でもない。

まあいい。帝姫《ていき》がもう少し大きくなったら、一緒に泥遊びしながら、水とか石とかも使ってこう……なんか作ろう。

なんやかんやで、帝姫と一緒にいる未来を考えている自分に気づき、小玉はまたちょっと笑った。

「賢妃《けんぴ》さまにご挨拶《あいさつ》申しあげます。急に申しわけございません」

真桂は鷹揚《おうよう》に片手をあげた。

「ごきげんよう、充媛。よいのですよ」

初めて会ったときに比べると、ずいぶんと落ちついた色合いの衣裳《いしょう》を身にまとっている。それがまたゆったりとした動きとよく似合っていた。彼女も年をかさね、それに似合った姿、振るまいを身につけたのだ。

「顔を見ることができて嬉しく思います」

「もったいないお言葉です」

以前とは上下関係が完全に逆転しているやりとりである。

でも宮に着いてすぐ真桂のところに通されたり、小玉が椅子に座るのを待ちかまえていたかのように適温の茶が出されたりするなど、上っ面でないところで尊重されているのを小玉は感じとっていた。

小玉は茶器を顔に近づけ、すんと鼻を動かす。

「よい香りです」

「口に合うとよいのですが。さ、飲んでくださいな」

二人、笑いながら茶器に口をつける。

「さて、ご用についてですが」

一息ついたところで、真桂が水を向けてくれる。

「はい。帝姫の件です」

「帝姫の……それはどのような」

真桂がわずかに表情を曇らせる。

「大家からはまだ帝姫の名について、お話をいただいておらず……。お考えになっているようなのですが、その……」

言いよどんだ小玉の言葉のあとを、真桂がひきとる。

「お披露目も近いというのに、それでは困りますね」

「そのとおりです」

「今の充媛の立場からは、大家に直接申しあげにくいのでしょう。察します」

「…………」

小玉は一瞬言葉に詰まった。

言いにくい……ことはない。


ふつーに、会話の中で言える。

ただ、言い忘れただけ。


「……ありがとうございます」

訂正してもなんの益もない。小玉は誤解に全力で乗っかった。

そういえば彼女の前では、文林とよそゆきの会話を心がけていたから、実際よりも堅苦しい間柄だと思われているのかもしれない。

小玉は真桂ともけっこう長い間の付きあいだったが、これは理解されていないと落胆するべきところではない。なまじ理解されないよう隠していた成果が、思わぬところで出てしまっただけ。

「わたくしのほうから、大家へ文を手配します。貴妃さまとも連名にすれば、後宮全体の問題として、大家も重く見てくださるかと」

「……確かに」

これもちょっと誤解されてるなと小玉は察した。文林が帝姫に対して無関心だと。

――違います。あいつも忘れただけです。

そもそもそれが無関心の証拠だと言われたら、返す言葉もないが。

仙娥が文林と強引に関係を持ったくだりを真桂は知らないはずだが、それでも文林と仙娥の確執は知っているし、なにより過去息子たちに対しても冷淡だった態度を知っているので、そう思うのはむしろ当然。

実際は違うけれども。

いつも複雑そうな顔をしているが、小玉の宮に来るたびに帝姫の顔を見るし、ときには自分から抱きかかえもする。いつもこわごわとしているし、腕の中で動きはじめたら「うわあ……」という顔をするので、そんなに腰が引けるんだったら、やらなくてもいいよと言いたくなってしまうけれど。

事情が事情なので、鴻のときになんでそうしなかったんだと責めることはしなかったが、小玉が考えそうなことはわかっているらしく、彼はぽつりとこぼした。

「俺にとって、ある一定の年齢に達するまで、子どもは虫みたいな感じがする」

「虫……虫……虫ね」

連呼の合間、小玉の脳裏に臭虫《しゅうちゅう》とか虱《しらみ》とかがよぎっていた。

あれと同じか、そうか。

「やけに情感こもってるな」

「そりゃあもう」

小玉としてはもっとましなもんに例えてほしかったが、その反面言われて納得するところもある。

こいつ、知性をあまり感じられないものが苦手なんだな、と。

もっと早くその件について話しあっていれば、文林と鴻との橋渡しは多分小玉の手でなしえたのだろう。実際は小玉と関係ないところで、いつの間にか関係改善してしまっていたわけなのだが。

たとえ望まぬ妊娠で生まれた自分自身と重ねあわせていたからだとしても、その好悪を乗りこえて帝姫を抱える彼は、少なくとも彼女に対して無関心とはいえない。

あいつも今日話し忘れてたんだから、説得力ないんだけど。

小玉自身、そこは責めているところだからぐうの音も出やしない。

だからこう締めくくったほうが、話は早いだろう。

「本日は、急にお時間を割いてくださり感謝いたします」

小玉は恭しく頭を下げた。

真桂は鷹揚に笑う。

「いえ、ちょうど充媛《じゅうえん》と話したいこともありましたので、渡りに船と喜んでいました」

「お話。それは一体」

「帝姫の生母のことで、ある程度までまとめましたので、少し。彼女に付いていた女官からの聴きとりについて、充媛にも協力してもらいましたから」

「ああ、聴取なさってましたね」

あれは「小玉が協力した」というより、「真桂に配慮してもらった」といったほうが正しいけれど。

これは現在の主《あるじ》である小玉が、貞に聴きとりをしたほうが圧倒的に話が早かったが、待ったをかけたのが真桂だった。

主従といっても形ばかり。お互い相手への好意も尊重もない相手。関係の構築を始めたばかり……こんな状態で小玉に仙娥の件の聴きとりをやらせると、下手をすれば口論になりかねない。ただでさえうまくいく可能性が少ないわりに、長い付きあいになる可能性は大いにある二人の未来が、地獄的な様相を呈してしまう、と。

だから自分がやると。

正直、それを言われたときの真柱が頼もしすぎて、小玉は少し惚《ほ》れそうになった。

仙娥の件は終わったが、小玉が謎に思ったことすべてが解消されたわけでもない。終わったから放っておこうみたいな感じがそのころの小玉にはあった。でもこればっかりは小玉の詰めの甘さのせいにされたら、多分小玉は相手に平手をかます。今度は肩じゃなくて、ちゃんと顔に。

そのころ帝姫の乳のことで、もうとんでもなく切羽詰まってたのだ。市井の常套《じょうとう》手段であるもらい乳をしようにも、今他に赤子がいないので後宮でもらえる乳がない。帝姫は鴻のときと違い、山羊《やぎ》や羊の乳を与えてもかなり吐いたし、お腹に合わないのか下すことが多かったし。

小玉は必死だったし、貞も必死だった。そんな状況で仙娥のことについて、話す余裕は全然なかった。

思えば、なんで自分が一生懸命乳母を手配することになったんだ……考えてみればそこで文林も動くべきだったんだよな、と小玉は思う。あとでこれも責め立てておこう。文林に対して言う不満がどんどん出来てきて、一晩や二晩じゃ足りない。

「なぜ女官たちがばたばた倒れたのに、充媛だけが少し遅かったのかについて、充媛の主治医から興味深い話が」

真桂が話しだした内容は、小玉が一番知りたかった内容ではなかったが、興味はある内容だった。

「ああ……」

あのおっさんか、と小玉は最近生き生きしている主治医のことを思った。

つい最近まで帝姫《ていき》の体調に振りまわされて、小玉たちと同じように死にそうな顔をしていた彼だが、時間にちょっと余裕ができた昨今、麗丹女史の体を張った実験の成果を無駄にしてはいけないと、はりきっている。

とても楽しそうというか、あのおっさん、「た〜のし〜！」とか本当に言っていた。あれは仕事の中で喜びを見いだす姿勢というより、自分の好きな分野にたまたま仕事がかみあい、望外の喜びという感じだった。

最近のおっさん、調子に乗りすぎて「徐どのの敵は取りますからな！」と麗丹本人に言って、「わたくしはまだ死んでません！」と一喝されてしょんぼりしてたり、「弟子も呼んで一緒に検討したかったたな……」と不意に遠い目をしていたり、感情の乱高下が見てられないくらい激しい。

　そのおっさんの仮説である。

　長年丹砂《たんさ》を含む化粧品を使用した者が、丹砂を含んだ水を一気に摂取すると、そうでない者より体調を崩すのが早かったからではないか、と。

　なるほど、小玉は確かに「そうでない者」枠だ。長らく武官として過ごしてきた小玉は、日常的に化粧していた期間でいえば、後宮ではむしろ新参の部類に入る。

　だから小玉だけがぴんぴんしていた（ように見えた）のは、きっと仙娥にとっては予想外だったのだろう。そこからすぐ小玉を冷宮にぶちこむほうに思考を切りかえたあたり、あの娘、かなり行き当たりばったりなのか、それとも臨機応変に対処する能力の高さが天井破りだったのか。

　両方の可能性を考えよう、と小玉は思う。前者については小玉は、そんな人間にひっかかったただの馬鹿だったと我が身を戒めるべき。そして後者だったら、今後彼女みたいな人間と敵対したときにどうしようと対策を考えておくべき。

　ただどちらにしても、茹仙娥、はちゃめちゃに胆力がある女だったことは間違いない。

　いや、むしろ……。

「そういえば、茹昭儀はなぜ最初に毒を持ちこんだのでしょうね」

思いだしたふりで、小玉は真桂に問いかける。

そもそもなんで、唇に毒塗って入ってきたのさ。

仙娥に対して、小玉が一番気になっているのはそこである。

「あの女官はこう言っていましたね」

――昭儀さまは、「後宮に父王殿下の敵がいたら、殺すために」とおっしゃっていました。わたくしもそのためならと思い、お手伝いをしました。

「そう、ですか」

そんな最初から、全方向に殺意を秘めていたとは。

「でも」と、真桂は眉《まゆ》をひそめて続けた。

「歯切れが悪かったのです。いえ、嘘《うそ》を言っていたわけではなく、茹昭儀が女官に語っていない事情もあって、それを女官が薄々と察しているような様子で」

「それについても、なにか言っていましたか？」

「いえ、でも……わたくしは、女官の話を聞いて、茹昭儀は自分自身があの毒で死にたかったのでは、と思うようになりました」

予想外の言葉……ではなかった。

小玉も頷《うなず》く。

「実は、わたくしもそう思っています」

最初から殺す気満々でいたならともかく、当初の仙娥は小玉に対し恭順の意を示していた。妃嬪《ひひん》としての役目を果たそうとしていた。父王の——愛する男のために。彼女はその役目を最低限果たしたら、さっさと死のうと思っていたのではないだろうか。自殺に見えないように。

けれども蓋《ふた》を開ければ、父王のために後宮に入ったつもりなのにそういう面では役に立つ機会を得られず、皇帝も皇后も自分の都合で役割を放棄している。「王女」として自分を抑えつけていた仙娥は、それを見て死んだ。そして自分の望みを叶《かな》えるために、なりふり構わず動きだす仙娥が生まれた。

そういうことなんだろうか。

真桂が苦笑いする。

「これはもうわかりませんね。こうやって話しあっていると、彼女がそういう人間だったということが、いかにも確定しているようにも思えてきました。ですが、これはあくまで後づけです」

小玉もあえて冗談めかして言う。

「わたくしたちの想像力が、豊かなせいですね」

真桂はほほ、と笑う。

「雅媛《がえん》どのにお伝えしなくては。わたくしたちも物語を作ることができるようになりましたよ、と」

懐かしい名前を聞き、小玉は目を細める。

「お元気でいらっしゃるのでしょうか」

今の小玉にとっては、坏胡《はいこ》の長の妻となった雅媛も、自分より格が高いことになるから、敬った表現を使わなくてはならない。

小玉の問いに、真桂は少し困った顔をした。

「最近は文《ふみ》も書《しょ》も、筆も進まないご様子。ですが小さな子たちがおいでですから、仕方がありません」

そうですか、と流しそうになったところで小玉は気づく。

「子『たち』？」

確か単数だったはず。

「ええ、新たに生まれた、と……」

「それは喜ばしいですね」

小玉は微笑《ほほえ》んだ。そして小さい子がいると、忙しすぎて手が回らない気持ちはよくわかった。今うちにも一人いるから……。

「なんにせよ、茹昭儀の考えについての憶測は、あの女官がほかになにか思い出さないかぎり、さほどはかどらないでしょうね」

「おっしゃるとおりです」

小玉は頷き、辞去の言葉を述べた。


釘《くぎ》を刺されちゃったな、と思いながら小玉は宮へと戻る。

最後の真桂の言葉、「あまりお前が仙娥のことをあれこれ考えるな」ということだ。

文林が仙娥と同衾《どうきん》しなかったから仙娥は死なず、そして同衾しなかったから小玉に反発したといえる。

こう表現すると、とても勝手。

けれども仙娥の言いぶんは正しいところもあって、それがえぐるような勢いで小玉の心の弱いところを突いたのは間違いなかった。暇なときにそこのあたりをぐるぐる考えるだけで、時間はかなり潰《つぶ》せるだろう。

仙娥のことと切って離せないのが、皇帝と皇后とはなんなのか、という思いである。ありがちな姿ならわかる。でもあるべき姿とは。そもそも皇帝も皇后もなんのために必要なのか……。

こんなことを考えるくらいわからない小玉にも、「皇后」に関してたった一つだけわかることがある。

――正直ね、彼女もう「皇后」の貫禄《かんろく》あるわ。

今日の真桂、本当に頼もしかった。

あと、これは小玉だからこそ強い喜びになってることなのだが、自分が若年の上官に対してもなんの抵抗もないのがすごく嬉《うれ》しい。

かつて上司だったときは優しかったのに、小玉のほうが出世したとたん冷淡になったおっさん。同郷だからという理由で、立場を譲れとかなんの権限もない小玉に対して言ってきたおっさん。

（前者に対してだけは）気持ちはわかる……と思いながらも、こういう中年にはなりたくないものだなあとは思ってたから。

本当に、ああいう中年にならずにすんでよかった。

※

「はあ〜！」

小玉が目の前から去ったとたん、細鈴《さいりん》の主《あるじ》が大きく息を吐いた。そして椅子にどっかりと身を預ける。

お行儀は悪いが、責めるつもりはない。

「わたくしちゃんとやれてたかしら！　どうかしら！」

「できておいででしたよ！　さすが賢妃《けんぴ》さま！」

相手をご機嫌にするために言っているわけではない。心底そう思っているので、細鈴は全力で主を褒めたたえる。

「とてもよい塩梅《あんばい》でしたわ！　充媛《じゅうえん》さまに対して親しみをお持ちでいながらも、上位の者としてきちんと一線を引いておいでなことが、横で見ていたわたくしにもよくわかりましたもの！」

「あなたもよくやってたわ！　充媛をここに案内する手際、お茶を出す間のよさも、計算されつくしているのにとても自然に見えてたわ！　さすがわたくしの女官！」

きゃあ、と手に手をとりあって真桂と細鈴は、お互いを讃《たた》えあう。

「次はもうちょっと、充媛が話しやすい雰囲気を作りたいわ。充媛から話を振られたの、一回だけだったもの」

「ああ、あの女官の話ですね。わたくしはもう少し、充媛にお出しするお茶の濃さについて、工夫したいところですわ」

「いいわね。お互い頑張りましょう」

「はい！」

お互いのいいところを褒めあいながら、自らを高めていく……この二人は今、この後宮でもっともいい関係の主従である。

二番手と三番手は多分、どっかの二十七世婦《にじゅうななせいふ》か、八十一御妻《はちじゅういちぎょさい》のところにいる。そして多分真ん中あたりの順位に、紅燕と雨雨《うう》が位置する。あそこはなんだかんだで、まだ過ごした時間も短いし。

最下位は言うまでもなく、いつもぎすぎすした小玉と貞……なんてことが、実はないかもしれないのが後宮の恐ろしいところ。

顔は微笑みながら、腹の中では主人のことを殺したいほど憎んでいるなんてことは、よくある話。それに比べりゃ、小玉と貞はまだ共通の目的があるだけまし。

さすがに殺意に至るほど激しい感情ではなくても、仕えている相手に好意を持っているとは限らない。忠実であっても、自分と家族のためにと、割りきっている場合もある。

主従関係に限らず、お仕事ってそういうところ、ある。

「自分が上位になったからといって、それだけで相手のすべてが貶《おとし》められたように感じるなんて愚の骨頂。尊重のしかたはいくらでもあるのよ。そう、今日わたくしがやったようにね……」

真桂はふふん、と鼻を鳴らしながら、今度は自己肯定感を高めはじめている。そのあてつけがましさに、今彼女の頭の中には、あの貴妃《きひ》さまがいるんだろうな～と思いながら、細鈴はうんうんと頷く。

なお真桂は、小玉が来るという連絡が来てから来るまでの間、「威厳を持って、けれども権高にならず、丁寧に……」と呪文《じゅもん》のように呟《つぶや》いていた。

それが今は、これである。

「ただ思えばわたくし、元々あの方に詩作もお教えしていて、限定的ではあるけれどいわば師匠という上の立場にいたから、うまくいった……そういう、経験のおかげというところもある、かもしれないわね」

この、謙遜《けんそん》しているように見えながら、得意な様子を隠しきれない感じ。

う〜ん、お嬢さまらしいな〜と思いながら、細鈴はにこにこと眺める。最近たいへんなことばっかりだったから、彼女が嬉しそうでなにより。

「充媛さまも、とてもわきまえておいでてしたね。きちんと賢妃さまを立てておいでで、卑屈なところもなく」

「わたくしもそう思うわ！　わたくし、やっぱり、あの方が好きだわ」

「それは、ようございました」

彼女の「好き」という言葉にどろっとしたものがぜんぜんなくて、細鈴はなんだか感慨深かった。

一時期の真桂は、充媛（当時は皇后）に対する感情の方向性が迷走していたり、暴走していたりと、見ている細鈴をはらはらさせていたものだ。

けれども真桂ももう三十に手が届く年齢になってきた。同い年の細鈴もそう。

人生の折り返し地点を過ぎ、そのほとんどを共に過ごしてきた間柄だ。そんな細鈴は真桂の変化を振りかえり、充媛（当時略）との関係は、真桂をよい方向に導いたと実感した。

そしてその、真桂と共に過ごした時間の長さに見あった遠慮のなさでもって、浮かれる真桂に水を差した。

「ところで、充媛さまのお願いについて、手をこまねいていていいのですか？」

「よくないわね！」

必要な差し水だったので、真桂は特に気分を害することはなかった。

真桂はばたばたと机に向かい、座ったところで不意に暗い顔になった。

「あー……これから貴妃さまのところにも行かないとね……」

「連名にするって言ってましたものね。わたくしが行ってまいりましょうか」

「大家宛のものだもの。直接貴妃さまにお願いしに行かなきゃ」

とは言いつつも、気は重いようだ。

「わたくし最近、あの方見ているといらいらするのよね。いえね、なに考えてても、せめて事後処理で動いておいでならまだいいんだけど」

細鈴にも、気持ちはわからんでもない。最近紅燕は自分の宮に籠《こ》もりがちだった。

「雨雨どのもさほど強く言っていないようなので、なにかご事情はあるのかな、とは思いますよ」

「あの方が、下の者に対して、言いにくくなるような態度をとってなければいいのだけれど。雨雨が気の毒だわ」

真桂は気づかわしげにため息を吐いた。

「でも彼女、そこまで強く出られない人間ではないと思うんですけどね……」

細鈴は同じ立場の人間同士としての交流で、けっこう雨雨のことがわかっているので、そこまで心配はしていない。

「賢妃さまがこれから行くのでしたら、先触れは出しますか？」

「いいわよ。どうせあの方だし。あ、あと、お茶持ってきましょ。今日充媛に出したのと同じの。あれ、貴妃さまにも持ってくから。あの方と同じの飲んだ！ってことになったら、ちょっと元気になるかもしれないでしょ」

「ああ、それはいいですね」

文句を言いながらも、紅燕のことを決して嫌いになったわけではないし、気の置けない感じもそこはかとなくただよっていた。

※

紅燕は最近よく寝ている。

我ながら、ずいぶんと食が細くなった。それを補うかのように、とにかく眠るようになった。

もちろん、食事を睡眠で補うことはできない。

「貴妃さま、羹《あつもの》を用意いたしましたので……」

「そこに、置いておいて」

「……はい」

雨雨はためらいがちに部屋を去る。

それを見送ることもせず、紅燕は寝返りを打ち、再び眠りについた。

夢はよく見る。

特に幼いころの夢だった。


「おかあさま、それはなあに？」

「葉よ」

「葉っぱ？　それはどんな宝物なの？」

言うと母はおかしそうに笑う。いつも貴婦人らしくしとやかに笑う彼女らしからぬ、大きな声。でも紅燕が好きな笑い方だ。

「おやおや、今日の王妃はご機嫌とみえる」

声を聞きつけた父が、二人のところにやってきた。

「おとうさま、おひざ～」

父の許可をもらう前に膝《ひざ》によじのぼるのは、怒られることはないと思っていたからだ。

「はは、おいで」

事実、そうだった。

「王にも見せたことがあったでしょう。わたくしの宝物よ」

「ああ、あれか！」

紅燕の上で父と母が楽しげに会話する。

母が「どう？」とでも言うように、枯れ葉みたいなものをこちらに見せる。枯れ葉「みたい」というより、そのまんま枯れ葉だということを知ったのは、もうちょっとしてからである。

帝都との植生の違いのせいか、馮王領ではあまり見ない形状の葉だったこともあって、てっきりものすごい薬効があるとかで、金銭的に価値があるものかと、このときの紅燕は思っていた。

「紅燕。よかったね。王妃が宝物を見せてくれるのは、特別なことなんだよ」

父は膝に乗った紅燕の両手を持って、意味もなくぴょこぴょこ上下に動かす。紅燕はそれに合わせて足をぴょこぴょこ動かした。いつもだったら「はしたない」と注意する母も今日は大目に見てくれてるのか、ふふと笑いながらこちらを見ている。

「わたくし、とくべつ？」

「そうよ」

母にとってその枯れ葉が特別なのは、「彼女」が……。

「貴妃さま、お目覚めになってください」

控えめに、けれどもはっきりした声をかけられ、紅燕は目を開けた。

「……なに？」

「賢妃《けんぴ》さまがお越しです」

紅燕はふう、とため息をつきゆっくりと身を起こした。

「居間に通して」

※

翌日、小玉のもとにやってきたのは文林ではなかった。

「沈太監が直々においでとは」

なんなら文林本人が来るよりも、重要そうな感じがある。

「大家はご多忙につき、わたくしが帝姫《ていき》の御名をお渡ししに参りました」

そう言って彼は、盆に載せた二つ折りの紙を、小玉に差しだす。

「大家がおっしゃるには『迷ったが、やはりこれで決める』とのことです」

迷ってたんだ……と思いながら、小玉は受けとる。さすがに思いつきで決めはしないだろうと思っていたが、ちょっと安心した。そういえば前話したときは、「相談したい」とか言ってた。結局自分で決定したらしい。

「確認します」

小玉はちょっとわくわくしながら、板のように硬い紙に手をかけた。

小玉は文林がどう名付けるか、昨日からちょっと考えていた。長男から鳳《ほう》、鵬《ほう》、鴻とおめでたい鳥由来で来ているのだから、きっと帝姫の名前には「凰《おう》」の字がつくと。

実際、馮王家の王太妃の名前も「雯凰《ぶんおう》」だから、この発想はあり。そして彼女と区別をつけやすくするため、「凰」一文字ということはなく、「なんとか凰」もしくは「凰なんとか」ではないかと。

小玉に学はないが、大人になってからけっこう頑張ってきたつもりである。その頭脳でもってこう予想したわけだ。

──さあどうなる！

心の中ではがばっと、実際にはそっと紙を開き、小玉が見た字はこれ。

──令月《れいげつ》

「……なるほど」

小玉はうんうん頷《うなず》きながら、紙を閉じた。

──かすりもしてな……いや、二文字というところはかすった。やった。自分やっぱり勉強の成果が出てるな。

文林の母由来の名かとも思ったが、彼女の名前は嬋娟《せんけん》。これも共通点はない……いや、二文字というところは同じか……と、無理やり結びつけている小玉本人も、同じ二文字だというのは単なる偶然だよなとわかっている。

どこから出てきたんだこの字。

「大家は、由来についてなにか仰せでしたか？」

小玉ごときが考えてもわかるわけがないので、小玉はにっこり微笑《ほほえ》みながら賢恭に尋ねた。

「はい。帝姫は生まれてからこのかた、おだやかではない日々をお過ごしでした。よって今後送る年月はめでたいものであってほしいと、『嘉辰《かしん》令月』からおとりになるつもりだったと。ですが『嘉辰』になさるか、『令月』になさるかで、大家は長らく迷っておいででした」

——あら素敵な由来。

前者は「めでたい日」で、後者は「めでたい月」だ。それほど意味に違いがないから迷うのはわかる。そして文林、あいつ名付けでちゃんとまっとうな親らしく悩んでたんだなあ……。

小玉は内心で詫《わ》びた。ごめんね。

その間にも、賢恭の言葉は続く。

「かつてこの宮に住まわれていた方を偲《しの》び、また自分のもっとも尊敬する女性の名の字の一部と重なるこの文言にしたいと」

「なる、ほど」

以前小玉が皇后となってここを出てから、この宮はずっと無人だったわけではない。

主《あるじ》になったものが一人いる。

謝月枝《しゃげつし》。文林のために死んだ女。小玉ですら彼女の死には感じるところがある。ましてや文林はもっと。

そしてもう一人、張明慧《ちょうめいけい》。言うまでもない人物。

そうか、彼女たちの名前と重ねた字を使うほど……。

「大家にお伝えください。すばらしい名前です、と」

「はい」

去る賢恭を見送りながら、小玉は思った。

文林は、帝姫を自分の娘として、きちんと遇するつもりなのだ、と。

少し、複雑な気持ちだった。なにがって、それだけで帝姫——令月に対するわだかまりが、ほんのちょっと晴れてしまったところが。

※

帝姫改め、令月のお披露目の会は、かなりこぢんまりとしたものだった。

だいぶ内輪向けで、妃嬪《ひひん》、皇族の女性、皇族の妃《きさき》が席を占めるような類《たぐい》のものだ。例外は帝姫の父である皇帝と、異母兄である皇太子くらい。

しかしそれも仕方がない。帝姫とはいっても嫡出ではなく、しかも出生直後に生母が死亡している。条件としては鴻も同じであったが、彼は三男とはいえやはり男児であったため、今回よりは立派なものだったと小玉は記憶している。

その鴻は、女性率の高いこの会で居心地悪そうにしている。「大丈夫？」と声をかけてやりたかったが、人目が多いこの場でははばかられる。なぜなら今の小玉は、鴻の父の妻の一人であるが、鴻の「母」ではない。

かつての小玉は鴻の養母であった。そして後に文林の正妻――皇后となることで、嫡母という立場が加わった。正妻以外の女性から生まれた子にとって、父の正妻は生母より格が高い。鴻にとっては立場のうえでも小玉は生母よりも近い存在であり、そう接しあうことはむしろ孝行であると奨励される状況ではあった。

しかし今や小玉は皇后位を廃され、そして冷宮に放りこまれたとき、鴻の養母としての立場も失った。鴻は今、記録上では「某《ぼう》妃嬪に育てられた皇子」ということになっている。一応間違ってはいない。

だから鴻に、みだりに声をかけてはいけないのだ。腕の赤ん坊が、今にも泣きそうなのをなんとかするので忙しくもあるし。

令月、騒がしいのがけっこう好きなわりに今日はなかなか機嫌が悪く、先ほどから「もっと揺らせ」「さすれば泣かずにいてやってもよい」と、まだしゃべれないのに主張が激しい。

乳母の身分がいくら低くても、さすがにこのような状況なら連れてきてもいいのだが、急場をしのぐためだけに来た彼女にそれは荷が重い。

最初は小玉もここに連れてくるつもりではあったのだが……乳母はどうも神経が細い。いつも文林（つまり皇帝）が令月の顔を見にくるとかちこちに固まり、小玉以外の妃嬪の前に顔を出すのもできれば避けたいと恐縮する。なんなら小玉相手にだって、彼女は当初かなり緊張していた。

そんな彼女は、宴《うたげ》に関して文句こそ言わなかったものの、話を持ちかけた日からずいぶんと思いつめた顔になって、ここ数日は死にそうなくらいの緊張状態にあった。

結果、お乳の出が悪くなった。

こいつは一大事だ、と貞と見事に意見が一致し、急遽《きゅうきょ》出席を取りやめさせたという、いたしかたない経緯があったのである。これで無理に出席させて乳が完全に止まったら、目も当てられない。令月が山羊《やぎ》や羊の乳で吐きまくる日々はもうごめんだ。

でもこれが、一般的なお嬢さんの感覚なのだろう。

次に来る彼女の従妹《いとこ》が、もう少し鈍感というか胆力のあることを小玉は今から祈っている。今の乳母と違い、今後乳母としてずっと働くということで話が決まっているので、覚悟はできていると思うのだが。

腕の中で令月は「ふーん！　ふんっ！」と、荒い鼻息みたいな声をあげている。とてもご機嫌ななめ。これが進むと、今度はげうげうと声を上げはじめるので、なんとかこの段階で押しとどめたい小玉は、貞と交代でゆらゆらしている。

なるべく目立たないように……ただ揺らしている相手がこの会の主役なので、どうやったって見られる状況なのだが。

鴻がちらちらと、暗い顔でこちらを見ている。最近やさぐれているという彼のことも気になり、小玉の揺れはちょっと激しくなった。

鴻に負けず劣らず暗い顔をしているのが紅燕である。さすがにこんな場で、小玉の状況に関する癇癪《かんしゃく》を起こすことはなかったが、それはそれとしてこの場でもっとも位の高い女性がそのような顔をするととても不穏。

文林はなにも気にしていないという顔をしている。だがあれは気づいていないとか、ことなかれ主義とかによるものではなく、追及するとこの場が台なしになりかねないから、頑張って悠然と振るまっているのだと小玉は思っている。

鴻よりも露骨ではないものの、さっきからこれまたちらちらと小玉と帝姫のほうを見ているから。

小玉はだいぶ余裕がない中でも、紅燕のことが気になり、彼女の席にほど近い空席にちらと目を向けた。

本来ならば、馮王家の王太妃が座る場所だったところ。

彼女は今日は出席していない。母と会えないのだから、紅燕が落ちこむのも無理はないかもしれない。仲のいい母子だから。

――あとから来るなんてことでも、もしもあったら嬉《うれ》しいけれど。

小玉は鴻が一歳のときのことを思いだしていた。あのとき「まつろわぬ姫」と呼ばれていた彼女は遅れて登場し、文林と小玉への恭順を周囲に印象づけたものだった。

今回は「まつろう」「まつろわぬ」関係なしに、体調によるものらしいので来るわけがないのだが、それはそれとして大丈夫なのだろうか。

どうやら小玉が冷宮に入っている間も、体調が悪かったということらしい。馮王領にいる丙の引き渡しを拒む際の理由もただの口実ではなく、実際にそうだったのかもしれない……なんてことを、さっき会が始まる直前の文林が言っていた。彼も把握しきれてなかった様子。

そんなことを考えている間も、小玉は令月とゆらゆら揺れていた。

「帝姫におかれましては……」

代表して挨拶《あいさつ》をしたのは、琮《そう》夫人である。班《はん》将軍の妻で、兵部《ひょうぶ》尚書だった琮王の妹。身内はどちらも高位であるが、故人か引退しているかのどちらかで、重んじられはするが実権はさほどない立場だ。

おそらく他の者に押しつけられたのだろう。代表者が彼女であることに、令月の立場の微妙さがわかる。

けれども顔をあげた彼女は令月に優しい目を向けていて、そのことに小玉は少しほっとした。

令月が文林の子であれ、茹王の子であれ、琮夫人は間違いなく令月の身内にあたる。そういう立場の人間が令月に好意的であるのは喜ばしいことだった。

この子は敵が多い人生を歩むはずで、もしかしたら小玉も敵になってしまうのだから……「ふーんっ、ふん！」

はい、大人しく揺れます。

なんとか令月を「げぅげぅ」言わせることなく会が終わり、小玉と貞は静かに達成感と連帯感を噛《か》みしめたものである。

※

翌日のことである。

令月のお披露目を終え、ようやく一息ついた小玉は、これまでを振りかえり……振りかえるに、最近の自分の動き、地味だなと思った。

基本育児と宮を回すことしかしていない。

——いや育児、大事よ……。

自己弁護ではあるものの、実際生後半年も経ってない赤子を抱えて、人手が足りない宮殿の運営をあれこれやるのは大変である。

鴻のときは人もいたし、小玉も今よりははるかに若かったからかもしれないが、もっと活気に満ちていた。

今は一々、わあわあやってられるほどの余力はない。なにか起こったら、よし腰を上げるか……という感じで、目前の問題を淡々と処理している。

ちょっと戦場に似てるとは思う。

なにか起こるたびに指揮官が大興奮してたらお話にならない。兵を鼓舞することは大切だが、指揮官は基本的に落ちついてなくてはならない。

自分は今、この宮を指揮しているんだなという実感はある。同時に、実はやることやたら多いんだな……とも。

これはちょっと怖い発見だった。だって過去、自分は宮の全貌《ぜんぼう》を理解していないのに、理解していたつもりで、下のものに指示をしていたのだから。

それでも回るというのが、後宮の機能のすごいところなのかもしれない。悪い経験ではなかった。そう思う。

また皇后ではないということは、思った以上に小玉の呼吸を楽にしていた。十年以上の後宮生活で、充媛《じゅうえん》くらいの地位ならなんとか、というところまでは成長していたということなのかもしれない。

――いや、それにしても暗いな。

なにか物事が起こるたびに、自分の内面を掘りさげることはよくやってるんだが、はっらつとした感じにはどうしたってならない。あの文林の「すまなかった」で心を揺りうごかしたあと、文林のことを考えはしているが、彼を思って夜中一人寝台の中でもだえる……なんてこともなかった。

落ちつきが身についたというより、これって単に、自分が外的な動きについて無感動になりつつあるんじゃないのかとも小玉は思う。

「ふっ、つまんねー女」

――うん。

言ってみると面白いかなと思ったのだが、そう思った自分にびっくりした。実際に口に出したら、全然面白くなかった。

とはいえ、今日は「つまんねー女」と対極の存在が戻ってくる。そして離宮に行っていた女官たちも、帰途についているという連絡があった。

宮の主《あるじ》である小玉本人がつまんねー女でも、今よりはちょっと賑《にぎ》やかで面白くなるんじゃないだろうか。

とはいっても、梅花さま仕込みの女官は、基本的に静かに仕事するので、やはり賑やかさを担うのは、主にこの人間である。

「ただいま戻りました〜！」

なんか最近皺《しわ》が増えてきた清喜。こいつも宦官《かんがん》らしく着実に、年をとっている。

「はいお帰り」

「あれ、もっと歓待してくださいよ、閣下」

元気に絡んでくる清喜に、手で払う素振りをする。

「素面《しらふ》なのに酔っぱらったふりしてんじゃないわよ」

そしてこいつ、相手が充媛になっても「閣下」って呼ぶのな……。

「なんだか反応地味ですね〜、淡々としてるっていうか、まあすっかり大人しくなっちゃって」

「あんた本当に、見ている人間の本質突くよね」

自分が自分自身について考えていたことを、まるで読みあげているかのように言ってくる清喜に、小玉はおののいてしまう。

こいつ、年々底知れなくなっていく気がする。

釈放せず、閉じこめておいたほうが、各方面の心の平和のためになるかもしれないが、残念なことに小玉は、心中の平和はともかく、こいつがいないと生活面での平和を保てないのである。

それはそれとして、ねぎらいの言葉はかける。

「長いことわるかったわね」

一足先に戻った小玉と違い、清喜は昨日の恩赦まで出られなかった。

「いや～、あちらもなかなか悪くなかったですよ」

はっはっと笑う清喜は、なんだか物見遊山から帰ってきたかのようなはつらつ具合だが、彼がいた場所がそんないいところでなかったのは間違いない。

「でも助かった。綵のことまめに見てくれる人、いてほしかったし」

「そうですね……」

清喜の顔が一瞬曇ったのを、小玉は見逃さなかった。

「……綵に、なにかあった？」

「ありましたね……」

まさかの肯定。

「あ、さすがに死んではいません」

「もし死んでたら、報告後回しにしてたあんたを折檻《せっかん》するところだったわ」

さすがの清喜も恩赦当日に、綵のところに顔を出せなかったので、これは伝聞による話であるという。

「綵さん、恩赦直後に産気づいちゃって、門の外でご出産……ということになりました」

「うっそでしょ。えっ……昨日生まれちゃったってこと」

「ですねえ」

「ちょっ、ちょっと、綵と赤ちゃんは無事なの？」

「綵さんはえらいことになったらしいですが、生きてます。赤ちゃんはすこぶる元気な女の子だそうです」

「えらいこと、とは」

清喜は遠い目をする。

「それはもう壮絶なお産だったそうで、僕も軽く話を聞いただけなんですが、それでもすごかったので、ぜひご本人から聞くべきです。僕も聞きたいので、そのときは絶対に同席させてください」

清喜の野次馬根性を、嗜《たしな》めるどころではない。

「え、彼女体調どれくらい悪いの？　そもそもこっち来られんの……？」

緑は出産後落ちついてから、乳母としてこちらに来る。麗丹、そして貞にももう相談済みで、当初の懸念をよそに意外にすんなり確定していた。

しかし緑側のほうで、問題が起こるとは。

「や〜、わからないですね……。でも蘭英《らんえい》さんが看《み》てますし、多分彼女から連絡来ると思いますよ」

「ええ〜、いつ来るんだろ。そんなに大変なことになってんだろか」

はたして来るのは可能なのか。可能であるにしても、いつになるかわからないほど回復が遅れるのか。めちゃくちゃ不安だった。

「まあ、仮にそれほど大変じゃなかったにしても、そりゃ昨日の今日ですから、もうちょっと待ったほうがいいと思いますよ」

「そらそうだけど」

これぱっかりは催促するものでもないから、待つしかないよねという結論に達し、二人は話を変えることにした。

「そういえば清喜、復卿《ふくけい》の死んだ理由、結局万《ばん》氏だったって判明したけど、なにか思うところはある？」

「おっと、戻ってきた直後に、なかなか重い話しますね」

「悪いね。でも気になるし、後まわしにすると、ずっと話せない気がして」

清喜の恋人であった復卿が死んだ原因は、班将軍がらみの万氏の怨恨が遠因であった。もうずっと昔にちょっと絡んだ因縁が、つい最近交差したことについて、清喜とじっくり話す機会がなかったなと小玉は思っていた。

「それでどうなの？」

清喜は困った顔で、そのわりにかなり軽く言った。

「いや別に……」

別に。

「それで終わらせていいもんかね」

小玉の声には少し責める響きが混じったが、それをぶつけられた清喜は、あまり気にしていないようだった。

「僕、復卿さんはあのおばさんのせいで死んだんじゃなくて、閣下のために死んだと思ってるので。少なくとも死ぬ瞬間、復卿さんの頭の中にはあのおばさんがいなかったのは間違いないでしょう？」

そりゃそうだ。その時点では犯人とか判明する以前の問題だったから。

「そう……」

「それにあのおばさんね、僕に殺されてもいいって言ったんですよ。ある意味すごいですよね」

清喜はやけに大仰な動作で、両手を広げた。

「なになに？　そんな会話してたの？」

「してたんですよ。あんたの男を殺したのはこのあたしだ！　って言って」

あのおばさんの胆力も、なかなかすごい。

でもそれほどの覚悟があったのだろうなとも思う。清喜に殺されるということは、冷宮の改善についての仕事を放りなげるも同然で、その弊害を彼女が理解していないはずもないから。それでもいいと思うくらい、清喜に対して責任感を覚えたのか。清喜が宦官だからという理由で。

宦官を偏重するとかしないとか以外でも、ある属性の人間を、その属性だけでひたむきに尊重したりはたまた卑下したりするという考えは小玉になじまない。だがそれはそれとしてここまで極めると感心してしまう。分野を問わず達人に対する感情に近い。

「それで感銘でも受けたの？」

問いかけに対し、意外にも清喜は首を横に振る。

「うーん、あれで僕が殺したら、あのおばさん、満足して死んだと思うんですよね。敵を討つためなら、相手には苦しんでほしいから、やるだけ無駄かなって」

「……あんたやっぱ頂点だわ」

「なんのですか？」

「癖。癖の強さ」

「僕一番ですか〜。それは光栄ですね」

即座にそういう発言が出るってあたりが、もう。

「……復卿さんは、喜ばないと思うんですよ」

唐突に重々しくなった清喜に、小玉は一瞬ついていけなかった。

「え、あんたが癖の強さ一等賞獲得したのを？」

「なんで話、横道にそれたままなんですか。本筋に戻ってくださいよ」

「あ、ああ、殺す殺さないの話ね」

「他にないでしょ」

「そうだね……」

小玉は一瞬目を閉じた。瞼《まぶた》の裏で、復卿が呆《あき》れた顔をしているような気がした。目を開けるとこれまた清喜が呆れた顔をしていて、それが今一瞬幻視した復卿によく似ているように思えた。

「で、復卿さんは喜ばないです。絶対に」

「うーん、そっかあ」

その結論自体は、決して悪いものではないと思う。

思いはするのだが……復卿本人とのつきあいより、清喜を通した復卿の話を聞かされた期間のほうがもうはるかに長くなっているから、自分の中の復卿は本当の復卿なのか、わからなくなってきている。

清喜から「復卿さんは云々《うんぬん》」話を聞くたびに、小玉の中の復卿観がどんどん歪《ゆが》められている気がしてきていて、小玉は最近怖いのだ。

だってあの世で復卿と再会したとき、こっちが「あんたそんな奴だったっけ……」ってなったら、すごく困る。復卿も傷ついた顔するだろうし。

「まあ……いいわ。泰《たい》がこっちに戻ってくるらしいわ。あんたも久しぶりに会うでしょう」

「懐かしい！　会いたいですねえ」

清喜が屈託なく笑った。ずいぶん久しぶりにこの顔を見るな、と小玉は思い、ふと泣きたくなった。

彼、こんな笑い方するの、実はもうずいぶん前からやめてたんだな、と気づいて。

※

清喜が戻り、そして女官たちが戻った宮は、再会して早々に出会いと別れの時期を迎えた。女官たちがすべて小玉の下に留《とど》まったわけではないからだ。

皇后の宮に仕えていた人間たちをすべて抱えるには、充媛《じゅうえん》という位は低すぎた。妃嬪《ひひん》の数同様、その下仕えに対しても予算とか定員とかいうものがある。主に皇帝の意思でだいぶ左右されるものだし、今小玉の手元には帝姫《ていき》がいるため、それでもかなりの人員を割くことができるらしいが、限度というものがある。

本人の意向はともかく、女官としての格がかなり上で、皇后だったからこそ小玉の下に配属されたという者もいる。そういう者たちは、辞令を受けとって小玉のところから去っていった。紅燕のところや真桂のところに転属したり、あるいは六局での勤務になったり。どっちにしろご近所で顔もよく合わせるから、そんなに離れた気はしない。

それ以外の、枠の問題で小玉から離れる者たちは、育てがいがありそうだからと低位の妃嬪の下へ行く希望を出す者もいる。小玉のところから去るのを残念がった者もいれば、それはそれとしてと、新しい配属先に意気込みを見せる者もいた。

元気でやってくれれば、それでいいよと小玉は思う。

小玉の手元からは人が去ったが、宮自体については、急に人が増えたことになる。小玉が心配していた貞は、けっこう落ちついていた。ちょっと拍子抜けだ。

人間関係ができあがっているところに放りこまれるより、ある程度小玉との関係ができてからどわっと人が増えたこの状況は、小玉と彼女の関係構築のうえでは悪いことではなかったようだ。

とはいえ、別に仲よくなったわけじゃないけれど。

この時期、令月の乳母が交代した。

予定より前倒しになったが、それで正解だったと小玉も貞も思う。元の乳母は神経が細いうえに内にためこむ性質だったためか、小玉どころか伯母《おば》にあたる鴻の乳母にも不平を言わなかったが、精神的な消耗が激しかったらしく、明らかに痩《や》せた。鴻の乳母が気を配ってなければ、もっと早い段階で倒れていたかもしれない。

失望とかは特にしていない。むしろよくやってくれたよ……と小玉は心底感謝している。それはそれとして次にやってくる彼女の従妹《いとこ》が、彼女より少しでもいいから図太いことを引きつづき祈った。

そうしてやってきた新しい乳母は、色々と予想外すぎた。

「史夏湖《しかこ》と申します。こちらは娘の裴徽娘《はいきじょう》でございます」

必要なことを端的に、かつ堂々と言う態度だけなら、これこそ小玉たちが求めていた人材である。

しかし見た目が……。

「あなた、何歳？」

小玉の問いに、夏湖は淡々と返した。

「十五歳でございます」

小玉は貞と顔を見あわせた。

若いというか、幼い。

おまけに見た目の年齢は、実年齢よりもっと幼く見える。鴻と同じくらいの感じ。小さい顔に対してちょっと大きすぎるくらいの眼《まなこ》のせいかもしれない。少し雪苑《せつえん》に似ているな、と小玉は思った。

　小玉は最初見たとき、子どもが子どもを抱っこしてると思った。正直この子が乳母本人だとは思わず、乳母になる娘の下女が、赤子を抱っこして先に連れてきたのかなとすら思ったくらいだ。前の乳母ほど鴻の乳母に似ていないせいもある。

「ええ……と、乳母になるからには、そうそう婚家にも実家にも帰ることもできないんだけれど……大丈夫？」

　夏湖は顔色一つ変えない。

「もちろん聞きおよんでおります。婚家はもうわたくしとこの娘とは縁を切っておりますので、問題はいっさいございません。実家につきましては……こちらにはわたくしの伯母がすでにお仕えしております。若年の身ゆえ、伯母に頼ることはあるかと存じますが、それはお許しいただけますか？」

「それはもちろん」

　むしろためこむ前に、どんどん相談してほしい。

「ご厚情に感謝申しあげます。そうでしたら、お仕えするにあたりわたくしにはなんの心配もございません。娘も受けいれてくださり感謝申しあげます」

　粛々と頭を下げた夏湖は、小玉が願っていたより三十倍くらいの図太さと胆力を併せ持っているように見える。彼女の発言から、婚家との関係で訳ありであることもわかる。この娘が、見た目年齢にも実年齢にも似合わない経験を乗りこえてきたことを小玉は察した。

小玉も十五で故郷を出て軍に入った。

小玉には彼女ほどの落ちつきはなかったが、それでも独立したのはこの歳だ。彼女もやってやれないことはないだろうし、できないところは周囲が手伝えばいい。小玉が色んな大人にそうしてもらったように。

小玉は腹をくくった。

「では、帝姫のことを頼みます」

「はい。母子揃って、誠心誠意帝姫さまにお仕えいたします」

「近々、もう一人乳母を迎えるつもりです。あなたより歳はだいぶ上だけれど、彼女も初産だから話は合うかもしれません」

綵については、その後、蘭英から手紙が届き、まあまあ回復しているという情報がこちらに伝わってきている。書きぶりがわりとあいまいで不安だが、多分大丈夫なんだと信じたい。信じてる。

「あ、いえ……」

今日初めて、夏湖が言いよどんだ。

「どうしたの？」

もう一人乳母が増えるのは嫌なのだろうかと小玉は思ったが、彼女が気にしたのはそこではないようだった。

「わたくしこう見えて、この子が最初の子ではないのですが……」

「あ、そうなの……」

小玉と貞は再度顔を見あわせた。

最初の子はどうなったのか、後で鴻の乳母に聞こうと小玉は思った。夭折《ようせつ》してるとかだったら、本人に聞くのは酷《こく》すぎる……。

「ええと……では彼女にとっては先輩になるわね。乳母の仕事もたいへんでしょうが、色々なことを教えてあげてくれると助かるわ」

「恐縮です」


この後、文林との顔合わせがあったが、夏湖はやはり堂々と挨拶《あいさつ》しており、むしろ文林のほうが妙な顔をしていた。

気持ちわかる。その顔はさっき自分もしていた顔。

文林はかける言葉に迷っていたようだが、最終的に言った内容はこれ。

「……太子の乳母も史氏、帝姫の乳母も史氏。混乱する者も多かろう。後宮内ではそなたは小史氏《しょうし》、太子の乳母は大史氏《だいし》と呼ぶか」

なんか実利的な内容だった。

鴻の乳母の弟の娘である夏湖は、当然だが伯母である鴻の乳母と同じ名字である。小玉は下の名前で呼びかけるからさほど不便でもないが、周囲は確かに困るだろう。確かにこれは大事。


文林を見送った後、清喜がなんだか妙に恐々とした様子で小玉にささやいた。

「なんか……大家、最近妙に細やかになりましたね」

「神経が細いのは、昔からじゃない」

「それについては確かにそうなんですけど……気づかいに関してはごん太《ぶと》だったじゃないですか」

小玉は辺りを見回した。他に人がいないことを確認して。言わんとすることはわかるが、ごん太な気づかいってなんなんだ。えらい言いようだ。

「最近……色々心境の変化があったみたい。鴻のことも自分を見直したみたいだし、帝姫も気にかけてるし」

「えっ、ちょっと気持ち悪いですね」

「言うにことかいてそれかい」

文林の変化について、清喜はばっさり切りすてる。さっきの時点で、人がいないことを確認してよかったと小玉は安堵《あんど》した。

彼はしばらく文林と顔を合わせていないからか、文林の変化をおそろしく顕著に感じたらしい。

「人って……そんなにあっさり変わるものなんでしょうか」

清喜は文林が、茹昭儀との関係で傷ついたことを知らない。清喜どころかこの後宮で知っているのは小玉だけだ。仙娥のやらかしを知っている紅燕と真桂も、このことは知らない。文林の側仕《そばづか》えたちも、どれくらいの人間が知っていることやら。

「あっさり、か……」

小玉は言葉を濁した。けれども内心であれは——意に染まぬ性行為というのは、実際のところ「あっさり」ですませていいことなのだろうか、と思う。

小玉が当事者だとしたら、間違いなく不快なことだ。

それは女だからなのだろうか？　男にとっては、意に染まない状況の性行為は、嫌だったり傷ついたりするものではないのか？

そういえば、あまり心について心配されたことはなかったな、と小玉は過去を思いだしていた。

女の身で武官として働くにあたって、小玉は「そういう忠告」を受けることが多かった。もうずっと昔、初めての出征のときも、当時従卒として仕えていた賢恭から暴行に気をつけろと念を押された。

でもどれも、賢恭でさえも、心より体に対する心配の比重が大きかった気がする。女は膂力《りょりょく》で男に劣るうえに、そういう行為で、わかりやすく体が傷つきやすい。意に染まぬ妊娠もする。そこを心配されるのは当然で、どれもありがたい忠告ではあった。けれども、実際に暴行された女を見て、世話をしたこともある小玉が思うのは、体の傷が多くても少なくても、治っても、心の傷は常に深くて治らないということだ。ならば体に傷が残らなくても、男だって心に傷ができたとしても、深かったとしてもおかしいことではないんじゃないかと小玉は思う。

でも実際は、男とか女とか関係ない。

他の誰が傷つかなくても、変わらなくても、文林が傷つき、そしてその傷が彼を変えるきっかけになったのならば、小玉にとっては重く受けとめるべきことだ。

とはいえ、清喜にかける言葉には迷うところだ。

「人が一気に、大きく変わると、確かにこう……不安なところはあるわ。でも人の心が変わること自体はありふれているでしょ。この瞬間だってあたしの中でゆっくりとなにかが変わってるはず」

「言わんとすることは、わかりますけどね」

「それはよかった。『具体的に、今なにが変わってるんですかあ？』とか、揚げ足取られたらどうしようかと思ってた」

清喜、そういうところあるから。

「ああ、自分そういうところありますから」

しかも自覚的。

「それこそ、そういうところ一気に変えてほしいかな」

「あはは、無理です」

笑顔で一蹴《いっしゅう》された。

今日の清喜は、実に清喜らしい。

「変わってるというより、加わってると言ってもいいのかな。梅花の言葉を借りると。根っこは変わらないってやつ」

「あ〜、僕その言葉は、いまいちしっくり来ないことがあるんですよね」

小玉は苦笑する。

「それはわかる。あたしも日によっては梅花の言ってたこと正しかったなって納得するし、日によっては『なんか違う』なって思うことあるもん。それってやっぱり常に変わってるってことでしょ。気持ちも」

「ああ、今の閣下の言葉はけっこうしっくり来ました……今日は」

最後の付けたしを、余計に思うことはなかった。

「そうね、今日は」

小玉は喉《のど》の奥でくっくと笑いながら返す。今小玉が言ったことも、日によってしっくり来たり、しっくり来なくなったりするのだろう。

別にそれでもいい。小玉だって、今自分自身が言った気持ちをずっと保持してるとは限らないのだから。

「あのね、清喜」

「はい」

「文林ね……『すまなかった』って言ったのよ、あたしに」

他人に言ったのは、これが初めてだ。

清喜が目をぱちくりと開いた。

「それは……そんなんで許すんですか？」

「そんなんで、か……」

小玉は苦い思いで、清喜の言葉を反復する。

この発言、清喜じゃなけりゃだいぶ怒るところだ。だからこそ清喜にしか話せなかったともいえる。

「それ決めるのはあたしだから」

「心が広い」

「まあ、許すか許さないかを決めた結果、許してないんだけど」

あいつはひどいやつだとも思ってるけど。

「……今のやりとり、なんの意味があったんですか？」

清喜がなんともいえない表情になった。気持ちはわかる。今の話の流れ、我ながらとても理不尽。

「他人に言われるのって、腹が立つもんなのよ」

それでも清喜は、身内枠のかなり中央付近にいるから許容できるというだけだ。

「えっ、僕と閣下って他人じゃありませんよね？」

「他人だよ!?」

いやしかし、ここまで平然と身内面《みうちづら》されると、とっさに否定の言葉が出る。

「そんな、僕としては閣下の名誉親族的なのを、得たつもりなのに……」

「あたしの親族になることが名誉かどうかはともかくとして、図々《ずうずう》しすぎない？」

清喜とはほとんどの身内より長く付きあってはいるけど、さすがに身内そのものとは思っていない。

「じゃあ兄とお付きあいしてたので、準姻族的な扱いで……」

「いや暴論」

たしかに小玉は清喜の兄と一時期付きあってたし、ものすごく好きだったし、きっかけ次第では結婚してただろうなという自覚はあるが、それとこれとは別。

「それにあんたそれ、えらい数増えるよ、準姻族とやら」

あと清喜の兄の去塵《きょじん》は、同時に複数と付きあうような無節操な人間ではないが、なかなかに華やかな交際歴を持ってたので、清喜が今言った基準に照らしあわせるとけっこう該当者がいる。

大半は結婚して孫もいるだろうに、昔の男の弟にいきなり嫂《あによめ》扱いされるなんて、当事者もびっくりするだろう。

さすがに収拾つかなくなってきた、という実感を持ったのか、清喜がふいっと目をそらした。

「……話ずれましたね。戻しましょう」

「えっ、珍しい」

清喜からこんな言葉が出るのは珍しい。話がそれにそれて、自分の不利になっても楽しめるという性質の人間なのに。本人は楽しいだろうが、言い合う相手としては素手で岩を殴ってるような気持ちになる奴である。

手応《てごた》えはあるけどこっちの手が痛くなってくるやつ。

「岩を、砕いた……」

妙な勝利感に、思わず声が漏れた。

「なんですか。明慧さんの話ですか？」

さすがに明慧も素手で岩を砕いたことはない。多分。

話を戻しましょう、といいつつ別にじっくり語りあおうという感じにもならなかった。

要は、他人が言ってるのを前にするのは非常に腹が立つ。よそで言われるぶんにはいくらでもどうぞという感じなんですよということを話し、はいそうですかーと返されたというだけのことだ。

正確には「小玉のために、小玉に同意を求める」という言い方をされるのが癪《しゃく》にさわるのだ。自分たちを知っている者で、自分たちのことに踏みこむことを、自分たちが許容している者たちにしか言われたくない。

その「許容している人間」というのは、実は小玉と文林の間でもばらつきがあって、小玉にとっては阿蓮がそうだし、身内だの身内じゃないだの言いつつ清喜だってそう。文林にとっては王太妃と賢恭だろう。

もし王太妃がこのことについて小玉にもの申したならば、小玉はあからさまに怒りはしないものの心中穏やかではなかっただろう。その点小玉は王太妃について心の距離があるといえる。

兄弟姉妹とか、こういう関係のことが多いと思う。自分が悪口を言うぶんにはかまわないが、他人に言われるのは腹が立つというやつ。

とはいえ、文林が皇帝だから反感を口にする相手は合法的に始末できるんだよなと思う小玉は、ひとつ吹っ切れた自分を感じていた。

もっとも、合法的に始末したからといって、誰からも喝采《かっさい》されるわけでもない。

――あーあ、文林を嫌うやつが、栄えに栄えた悪徳の化身だったらあとぐされないんだよな。

「大家がすごい人だなあとは思いますね」

「急に肯定的になったじゃない……？」

清喜でなかったら、迎合していると思うところである。

「価値観を更新するのってすごくしんどいことで、しかもその更新が過去の自分を完全に否定することになるのって、さらにしんどいんですよ」

「わかるよ」

「いえ、閣下には完全にはわかりませんね」

否定されちゃった。

「だって過去の自分、否定しないでしょ」

「よく反省はしてると思うけど……」

特に最近は自分のそういうところ、よくないかなとか思いつつ、よく考えているとも思っている。

しかし清喜は、首を横に振って、小玉の胸にぐさりと突き刺さるようなことを言う。

「閣下のは単なる後悔とか、過去に対する愚痴って感じがあって……まあ、正直、あんまり感心できない類《たぐい》のものかなって……」

彼のあいまいな笑顔が、「これでも言葉は選びました」と語っていた。

「あのね、清喜。あたしだって傷つくんだよ……」

仮に言われた内容が事実だったとしても。

「僕だって、閣下になに言われてもいつでも楽しいわけじゃないんですよ」

「うん……そうだね……」

ぐうの音も出ない。

「とにかく、大家の過去の自分を否定することを受け止めて、なおかつ他の人間に発信できるってえらいことなんですよ。大家のことは、嫌いだし気持ち悪いですけど」

「結局そこに戻るんか」

こいつも今、不敬罪で合法的に始末できるんだがどうしようと、小玉は思いはじめていた。

「あっという間の出来事でした……」

語り部は絑。

怪談みたいな前置きであるが、実際は出産体験談である。

※

その日――恩赦を受ける日、朝から腹が張っていた絑は、必死になって跪《ひざまず》いていた。

もちろん好きでやっていたわけではない。

腹が出てようが痛かろうが、皇帝からのお言葉を立ったまま聞くなんてことはできない。皇帝の子を懐妊中の妃嬪《ひひん》とかだったらまだ許されたかもしれないが、今の絑は罪人の立場だし、そうでなくても妃嬪になったこともなる予定もない。

「そして帝姫《ていき》の……」

いや長いな……と思いながら、絑は必死に待つ。「以上」の言葉を。これが出たら、もう立ち上がれるのだ。

「よって聖恩……」

絲は読みあげている宦官《かんがん》に、だいぶ苛立《いらだ》っていた。この文の長さ自体は宦官のせいではないので恨むべきではないのだが、そもそもこいつ、なんの用事があったんだか知らないが、やけに遅れてきたんである。

おかげで待たされる恩赦組はずっと外で立ちっぱなし。

そしてこいつがやってきたらやってきたで、今度は地面に這《は》いつくばるときた。

小玉が体調を崩していたとき、腹が痛いと心を広く保てないとぼやいていたが、あれは本当だなと絲は思う。先達の言葉はいつも後進を導いてくれる……なんぞとありがちなことを考えながら、ひたすら待った。

「……以上！」

地面に頭を擦《こす》りつけ、待ちに待った言葉を聞いた絲は、最後に頭をもう一擦《ひとこす》りしてから、立ちあがろうとした。

そしてその場に転がった。

「絲!?」

この生活で仲良くなった女たちが絲に駆けよる。

「あの、お腹……あの……！」

自分でもびっくりするくらい、来た。

なんかすごいのが来た。

「ちょっと待って！　さっき痛いっていってたけど、あれから治まってないの？」

治まる気配もなく、むしろ常に痛い。

女たちが深刻な顔でささやきあう。

「ちょっと……これ、もしかして産気づいてるんじゃない？」

「嘘《うそ》……。確かに産み月近いけど初産でしょ？　もうちょっと余裕あるはず」

騒ぎを聞きつけ、冷宮に留《とど》まる女たちもなんだなんだと近づいてくる。

「……あ、産まれちゃうね、これ」

赤子を取りあげた経験のある女が声をあげ、皆黙りこんだ。

その沈黙を上手に活用して響く、遅刻した宦官の声。

「お前たちなにをしている！　早く門から出ろ！」

皆の心がひとつになった。

——空気読め、おっさん。

女は口々に怒鳴った。

「あんたこの状況見てわかんないの⁉」

「うっさいわね！　頼まれてもこんなところ、こっそり残るような真似しないわよ！」

「こんなところにあたし残るんだけど」「ごめん」「いいよ」

「用事すんだらさっさと帰れ！」

「お前みたいな奴がいるから、宦官の評判が悪くなるんだわ！」

多分これ万氏。

「あんたそんなんだからタマなくなるんだよ！」

「あんたが宦官になってよかったね！　あんたに嫁がいても、出産で苦しむことないんだから！」

このあたりになったら、もうただの暴言である。

さすがにたじたじになった宦官が、「いや、しかし、読みおわったらすぐに出るのが決まりで……」などとぼそぼそ呟《つぶや》く。

女たちはそこからさらに騒いで時間を無駄にする、ということはなかった。

「じゃあ一回門から出てから、看《み》ることにしよう」

「え、でもあんた出られないでしょ」

残念なことに、助産の経験がある女は残留組だった。

「門の内側から指示出すから、誰か取りあげて」

その言葉に女たちが目を見交わす。

「ええ……？　できるかな、それ」

「誰やる？」

「取りあげたことがなくても、産んだ経験ある女はいるでしょ」

「わ、私……？」

「あたしもだ……」

該当する女性たちの腰は引けているが、それでも知らんふりしないのに感謝ああああああ「ああああああああ!!」

急に激しくなった痛みに、絣は絶叫した。困惑した声で相談しあう女たちの言葉をかき消す勢い。

女たちは一瞬沈黙すると、「とりあえず出るよ！」「じゃああたしやるから！」と即座に話を決めて、絣を抱えて門に突撃した。

「開門！　急いで！」

「早く早く！」

女たちが門をばしばし叩《たた》きながら催促する。まだ開ききらないうちに、綵を左右から支える女たちが隙間に突撃する。

「行くわよ！」

「ひぃぃ……」

「大丈夫！　あたしたちがついてる！」

うん、大丈夫。頼りないとか全然思ってないから。

痛みで意識がもうろうとしていたが、綵は正直女たちの連携に感動していた。

「うわ!?」

飛びだしてきた綵たちに、外側にいた門番たちがぎょっとしている。

「なんだなんだ！」

「綵!?　どうしたの!?」

そんな中、母の声が聞こえる。悲鳴まじりだが、まちがいなく母だ。

顔を上げると、懐かしい母の顔が目に飛びこんできた。綵が出てくるのを、門の前で待っていてくれたのだ。

「おかあさあああん！」

「あんた絲のお母さん!?　あのね！　絲もう産気づいて動かすの無理だから、ここで取りあげるよ！」

「ええっ!?」

母がこんなふうに動揺する顔、ものすごく久しぶりに見たなと絲は思った。

——ああ、久しぶりのお母さんだ……。

ふっと意識が遠のきかけたところ、頬をパッツーン！　と張られた。

「目！　開ける！」

「ふぁい……ひぃ……」

「じゃあここに寝転がって……」

「待って寝かすの!?　座らせたほうがいいでしょ」

「なんで座るの!?」

「うちの田舎だとそう産むのよ！」

ああ郷土愛。麗しいものだが、ここで発揮されても……。

「へえ、そうなんだ」

「う～ん、地方差！」

学びを得ている場合ではないが、今の発言は門番たちである。当事者ではないからか、かなり呑気《のんき》。

腹立つくらい呑気。

とはいえご婦人方は、わざわざ門番に絡んで時間を浪費することはなかった。お産について真剣に話しあう。

「でもここ帝都よ。このあたり転がして産ませるから、そのほうがいいんじゃない？」

「緑の地方だとどっちだった⁉」

ただ、話しあってる内容が無駄ではないとはかぎらない。

そういう地方の特性で、安産かどうか決まるものなんだろうか。

「えぇ……？」

産む本人への配慮はありがたいんだが、聞かれても正直困る。

「あー……どっちでも」いいです。ちゃんと産めれば。できれば自分と子どもが楽で、なおかつ縁起が悪くなければ……。

「お母さん！　どっち！」

絣なりに急いで回答したつもりだったが、冒頭しか言わせてくれなかった。

「座らせてください。絣、母さんに抱きついて」

即決した母が絣を抱きかかえる。絣は母にすがりつく。母を抱きしめたのはいつぶりだろう……なんて感慨に浸る暇もなかった。

「まだいきまない！」

門の内側から叫ばれる。

「絣、絣。力抜いて」

「お母さん！　おかあさあああん！」

「大丈夫！　お母さんついてる！」

「なんか小説と違う！」

「お産書いてる小説あったの!?」

鄭《てい》絣、元武官、もう三十代……。

お産で、なりふりかまわず母を呼び、思ったことを全部叫ぶ事態。

自分でもこうなるとは思わなかった。雪苑なんか、故郷の風習なんだかで、声をあげずに出産したと聞いていたので、自分だって我慢できるのではないかと思っていた。

全然、そんなことはなかった。

母に渡された手巾《しゅきん》を咥《くわ》えて、絣は呻《うめ》いた。

「んんぐ……」

絣は周囲を気にする余裕がなかったが、取りあげる担当の女が腰を撫《な》で、それ以外の女たちは布を広げて絣の姿を隠してくれていた。

門の内側からはお湯だの布だの応援の声だのが供給され、急場をしのいでいるわりにはかなり充実したお産の環境だった。

「あっ、いける！　いける！」

「いきむ！　今！」

「あっ、駄目だ駄目……！」

「あっ！　あーっ！　あーっ！」

ちなみにこの叫び、どれも絣のものではなく、周囲の女たちのものである。

言ってる内容だけだと緊迫感しか伝わらないが、この合間に絣は女の子を産みおとし、そして、裂けたのだった……。

「で、板に乗せられて帰宅……。そんな感じでした……めでたしめでたし」

そして、しばしの沈黙。

ややあって、小玉の隣で聞いていた清喜が、か細い声で呟いた。

「死体か重傷の人運ぶやつじゃないですかそれ……」

一方小玉は、肺に溜《た》めこんでいた空気を「ふー」と細く吐きながら思った。

怪談みたいな出だしのわりに怪談じゃなかったけど、怪談並に怖い話だったな、と。

あと赤ちゃん産んで家に帰ったところを切りとると、確かにめでたいんだが、語り口が重々しすぎてその締めくくりでいいのか、といいたくなるような終わり方だった。

「たいへんだったね……」

今小玉が言えることは、これだけしかなかった。

「たいへんでした……」

数か月会わないうちにかなり痩《や》せた綵は、赤子を抱えながら力なく頷《うなず》く。

「私すごく痛みに弱いんだなと思ったんですけど、そんなことなかったみたいで。立ちあった人に慰められましたし、褒められました」

裂くのは取りあげた産婆の恥というらしいが、今回の場合実際に取りあげたのは素人《しろうと》だったうえに、運が悪かった。

「初産なのに一気に産んだせいか、めったにない裂けっぷりだったそうです」

「そう裂け……あのそれは、どのへんを」

できれば聞き流したかったが、「裂ける」という表現が二回も出ると、さすがに無視できない。

絲は悲痛な声で答えた。

「中も、外も……」

清喜がひえ、と小さく悲鳴をあげた。

「同席したい」と言っていた彼は、初志貫徹していたのだが、今はなにやら後悔した顔をしている。珍しい。彼にはちょっと刺激の強い話だったらしい。こいつはこいつで、ちょんぎった経験があるのに……。

「それは、大丈夫なの……?」

「大丈夫じゃないんですよね、これが……」

出産直後死にかけたし、今でこそこうやってちゃんと座っている絲だが、完全には回復していないらしい。

「正直、もう武官としてやってくのは無理というか、やめてくれって、花《か》先生には言われました」

花先生とは、小玉の主治医の弟子で、極めて珍しい女の医者である。小玉の主治医が宮城に戻る際に、医院を受け継いで花街近辺を中心に頑張っている。

なお花という姓が偽名であることを誰もが知っているが、本名は誰も知らない。師匠である小玉の主治医は知っているかもしれないが。

「でもあの人、本当によく治してくれましたよ。私寝たきりになるかもしれないって言われてたのに。医学ってすごいですよ。知識と子ども……それは世界の宝」

綵が力説する。よっぽどたいへんだったらしい。蘭英からの綵の予後についての手紙が、わりとあいまいだった理由を、小玉は今納得した。

母親としては書けないな、そんな内容。

「そっかー……軍、復帰できないかー……」

「いやー……武官辞めててちょうどよかったなって思いましたよ。生計的には問題ありですが。だから、乳母の話来て助かりました。母子二人、食べていけます。末永くお願いします」

繇が力強く頭を下げた。武官には未練がない様子である。

「本当にいいの？」

蘭英は生まれた孫がかわいくてしかたがなく、別れをだいぶ惜しんだときくが、繇は母が大好きなわりに、これについては母の意向を汲《く》まなかった。

「実家にいても母と兄妹《きょうだい》たちの邪魔になるだけですし、あと元夫たちがしつこいんですよね。会わせてほしいって。偶然会ったら面倒なことになりそうで。その点後宮に籠《こ》もりっきりだったら、偶然でも接触する可能性は低いですし」

「会わせてないの？　旦那《だんな》に」

「ないです。あと旦那じゃなくて元旦那です」

繇の元夫・温青峰《おんせいほう》は、繇との離縁の前に迎えた妾《めかけ》との間に、すでに男児がいる。そして今回繇が産んだのは女児。交流を持ってもそれほど問題ないのではないかと小玉は思ったが、繇は違う意見を持っていた。

「離縁したあとの元正妻から生まれた子なんて、家庭内紛争の火種になるだけですから。この子が惨めな思いをする日が来ると思うともう……嫌で嫌で。元夫と元義両親はそう思っていないだけで、数十年後親族間で『離縁後に生まれたから、他の男の子なんじゃないか』って蒸しかえされたら、証明できる人間どころか、当事者ももういなくて、泥沼、そして骨肉の争いになりそうですし。下手に縁を持たないほうが得策かと」

「うーん……ちょっと先を見据えすぎな気がする」

それも、かなり悲観的な方向に。

「もしかして、そういう小説読んだ？」

「さすがに娘の将来考えるのに、創作持ちこみませんよ……」

呆《あき》れた顔を向けられてしまった。

「あ、はい」

「花先生のところに出入りするご婦人方からのご助言はいただきましたが」

つまりは妓女《ぎじょ》。人生の暗い部分をよくご存じな方々である。

「綵さん、あんなに旦那さんと仲よかったのに、いいんですか？」

今日は口数の少なかった清喜が、ここで口を挟んできた。

「元夫への愛はありましたが、それでこの子に対する愛情をないがしろにするわけではないです。二人への愛情に、私なりに折りあいをつけた結果ですよ」

離縁した決め手が小玉の投獄だったので、元夫に対して愛があるという言葉を聞いた小玉は、非常にいたたまれない思いになっている。花街のお姉さま……いや、小玉から見たらお嬢さんたちか。彼女たちからの助言は貴重なものだと思いはするが、もうちょっと突っこんでおくことにした。

「子どもがお父さんに会いたいって言ったら、どうするの？」

「本人に今の話をしてから、決めさせますね。そのころに、向こうがまだ会いたいと言っていたらの話ですが」

「本人に決めさせるんだ……子どもが決めるにはちょっと難しいんじゃない？」

「だからある程度育つまで、会わせないつもりなんですよ。分別つく歳になるまで話したくないので」

「まだ決めないほうがいいよ……。ある日あんたがぽっくり死んで、蘭英さんももういないってことになったら、この子、予備知識なしに向こうのおうちに引きとられることになるのよ」

なにせ実の父親だ。引きとると主張されたら、小玉も拒否できない。

しかし絲は、絲なりに考えていたらしい。

「その時は、清喜さんと正式に養子縁組して、育ててもらう手配しておきます」

「なんで？」

その絲の考えが小玉にはぜんぜんわからないけども。

「僕ぅ!?」

ただ、清喜からの承諾をとっていないことだけはわかった。

「ほら、ぜったい長生きしそうな人ですから。私より」

「違うの。そういう理由を聞いてるんじゃない」

「そうですそうです」

清喜が力強く頷く。

「でも育ててくれますよね？」

「育てますけどぉ……」

育てるんかい。


絲の娘の将来がどうなるのか不透明すぎて、小玉は心配だった。

ただ、もし絲と清喜の両方に育てられた経歴を持つことになったら、とんでもなく「おもしれー女」になることは、ほぼ間違いない。

一人でいるときに「ふっ、つまんねー女」とか言っちゃう小玉なんかよりも。

※

さて、赤子が三人に増えた小玉の宮は、それはそれは賑《にぎ》やかになった。女官が戻ってきたときよりもはるかに。

静かにするよう訓練された十人の大人より、三人の赤子のほうがよっぽどうるさい。そして彼女たちの成長に伴い、これから先間違いなくさらにうるさくなる。

小玉の宮は隣の宮やこの宮の裏にある六局からは離れているものの、静かな後宮ではなかなかの騒音のはずである。だが特に苦情は来ていない。

それもそのはず、後宮の者たちは、基本的に子どもが好きだ。妃嬪《ひひん》も、女官も、宦官《かんがん》も。

その好意は絲と夏湖の娘にも向けられた。

皇帝の娘ではなくても、むしろ皇帝の娘ではないからこそ、責任感なくかわいがることができるのか、妃嬪たちはなにかと理由をつけて小玉の宮にやってきては、彼女たちもよくかわいがっている。

実はあの麗丹でさえも……。

あの人、かよわき者を愛する心があったのかと、小玉としてはかなり心に衝撃を受けたものである。

妃嬪たちの態度については、珍獣枠が小玉から赤子たちに替わっただけのような気がしなくもないが、赤子はちやほやされるのが仕事のようなものだから、これは別に問題ないことだろうと小玉は思う。

それに令月以外の二人は、将来女官になるにせよ嫁ぐにせよ、伝手《つて》というものが必要な立場になる。今ここで各方面からかわいがられることによって、縁をつないでおくことは絶対に益になる。

生まれてまだ一年も経たないのに、将来に向けて活動している彼女たち、すごいぞと小玉は思っている。当然だが小玉も赤子たちにぞっこんなので、なにかと肯定的になっているのだった。

「う～ん、今日も三人ともかわいいですね～、はー、いいにおい。むふふふ」

いちばん最後に生まれたのに、いちばん髪の毛がふさふさしている綵の娘の頭に顔を埋《うず》めながら、小玉はにやにやする。

そんな彼女に、清喜からこの一言。

「いや、気持ち悪いですね」

最近の彼、この言葉をよくこっちにかけてくる。前は文林に対して言っていたのに。

小玉は赤子の頭に顔を寄せたまま、清喜に抗議する。

「なに言ってんの。大きくなったら一線引かなきゃいけないから、今のうちは愛情表現をよりはっきり出そうとしてんのよ。過去から学んでんの。あんた褒めなさい」

小玉の無茶振りに、さすが清喜、即座に返す。

「すご～い！　もう孫がいてもおかしくない年齢なのに、自発的に自分のやり方を省みて、変える気力があるなんて、なかなかできることではないですよ！」

「あんたって、言葉一つ付け足すだけで褒めてる感を消す天才よね」

それどころか、けなされてる感じすらある。

「露骨にほめるとわざとらしいじゃないですか。ちょっとぴりっとした感じを入れることによって、さわやかな褒め感の提供を意識してみました」

「ほほう、言いおる」

小玉は唇を片方つりあげてみせる。

「濃縮した褒め感がほしいのであれば、他の人を選んでください」

小玉はふんと鼻を鳴らしながらも、あくまで顔は、綵の娘の頭から離さない。

今月に乳をやりながらこっちを見ている夏湖が、喉《のど》の奥でくっくっと笑っている。彼女は意外に笑い上戸なところがある。

顔はあまり似ていないが、こういうところ伯母《おば》の史氏にちょっと似ている。

小玉はふと、綵の娘の頭から顔をあげた。

「いや、しかし孫か……しっくりくるな」

「え、なにがですか？」

「帝姫《ていき》に対してね、養母という感じがしっくりこなくて、まあその原因は他にあるな……と思ってたんだけど、今おばあちゃんと孫として見るとなんか……すごく、腑《ふ》に落ちたのよね」

清喜は肯定も否定もしない。

「つまり、閣下の心構えの問題だったと？」

「かもね」

つまりこの子たちは、小玉にとって孫枠に収まっていたということ。

「この子たち将来、あたしのこと『おばあちゃま』って呼んでくれないかしら」

「いやあ……」

清喜は首を横に振っている。

夏湖も同様に。駄目か。

「『ばあや』でもいい」

「妥協しているようで、何一つ譲ってないですし、『ばあや』というほどには、世話してないですよね」

………。

「あっ、ごめんなさい！　まさか今ので、そこまで露骨に傷つくとは思わなくて！」

あの清喜が全面的に謝罪した。快挙かもしれないが、嬉《うれ》しくはなかった。最近こいつに勝っている感じを経験することが増えたけれど、どれも喜びとは結びつかない。なんでだろう。

小玉が落ちこんでいると、部屋の外から貞の声がした。

「充媛《じゅうえん》さま。貴妃《きひ》さまがお見えです」

「え……珍しい。というか、初めてね」

貞は最近、令月に張りつく様子が少なくなった。信頼というほどではないにしても、小玉たちに対して、ある程度心を許しているのかもしれない。

出迎えのため、小玉は慌てて部屋から出た。

貞を連れて歩いていると、使用済みおむつの処理のために出ていた綵と、ちょうどはちあわせる。

「なにかありました？」

「お客さまよ。部屋に戻ってて」

「はい」

もしかしたら騒音の苦情かな、と心配ではあった。現在小玉の宮にいちばん近いのは、紅燕の宮だから。

久々に会った紅燕は、元から細かったのに、更に細くなっていた。

立っているだけでぽきりと折れそうだ。

「貴妃さまにご挨拶《あいさつ》申しあげます」

小玉は頭を下げた。紅燕がまた癇癪《かんしゃく》を起こすかと、小玉は一瞬ひやりとしたが、静かな応《いら》えが返ってきた。

「免礼」

小玉はほっとしながら顔をあげる。

「なにかご用がございましたら、わたくしが参りましたものを」

「帝姫のお顔を、見たいと思い、来たのです」

紅燕はゆっくりと、言葉を選ぶように話す。

「さようでございますか」

「お披露目のときは、ゆっくりと見ることが、できなかったから……」

なんとなく、不穏な感じがあった。彼女は側仕《そばづか》えも連れていない。

今日の彼女の落ちつきは、自分の感情との折りあいをつけたからではなく、なにかあってのことなのだろうか……。

用件は騒音の苦情ではなさそうだが、騒音の苦情のほうがよっぽどよかった気がする。

しかし、わかりやすく問題点が見えるわけでもないので、彼女の要請は断れない。

「貞」

「はい」

「乳母たちに、貴妃さまがおいでになることを伝えて、それからお茶の準備を……気をつけて見ていて」

言葉の後半は、聞こえないようにかすかに。

「はい」

貞はちらりと紅燕のほうを見て頷《うなず》き、足早に去った。

「……ではご案内します」

小玉は紅燕とともに、ゆっくりと廊下を進んだ。

「充媛は、その後、元気でしたか」

「ええ、ご心配をおかけしました」

そこで言葉が途切れる。ややあって、紅燕はぼそりと呟《つぶや》いた。

「実家から手紙がありまして……」

「はい」

「あなたの……甥御《おいご》。元気なようです」

丙は今馮王家の世話になっているので、紅燕の耳に彼の情報が入ってもおかしくない。

「そうですか。今日は、それをお伝えくださるために？」

「……そう、ね」

その後、紅燕は黙りこんでしまった。

赤子たちの部屋に着くと、赤子は令月しかいなかった。

――他の子たちは？

貞のほうを見ると、彼女がそっと耳打ちしてきた。

「泣いていましたので、鄭どのが散歩に連れだしました」

なるほど、確かに絆がいない。

それにしても元武官とはいえ、一人で二人の赤子を見るのはよっぽどたいへんなことなのだ。彼女はちゃんと他の人間も連れてってるんだろうか。清喜あたりが捕まるといいのだけれど。

小玉の心配をよそに、夏湖の腕に抱かれた令月の顔を、紅燕が覗《のぞ》きこむ。

「この子が帝姫……」

「はい。抱っこしてみますか？」

幸い令月は、色んな人に抱っこされているせいで、知らない人間相手でも平気で抱っこされる。むしろ抱き癖がついたせいか、抱っこされていないとしばしば怒りだす。それはそれで困っている。

「いえ、けっこうよ」

意外にきっぱりと断られてしまった。

紅燕は触れることもせず、帝姫の顔を眺める。

「昭儀が、産んだのね」

「はい」

「大家のお子を」

「……はい」

多分。

どこかただならぬ様子の彼女に、小玉は少し身構えた。まさか危害を加えるとかは……ないと思いたい。

いざとなれば取りおさえられるから、その後発生する貴妃への不敬罪的な問題以外は大丈夫なのだが、それでもまっさきに乳母ごと突きとばされたらどう動くべきかと小玉は軽く悩んだ。

「まあ」

そこで声をあげたのは、夏湖だった。

「そろそろお乳の時間ですわ」

嘘《うそ》である。

「そうなの？」

「さようでございます」

それこそついさっきまで授乳していたことなどおくびにも出さず、夏湖は紅燕の問いに堂々と頷いた。

そしていかにも恥ずかしそうに、小玉に問いかける。

「充媛さま。貴妃さまの御前で、その……乳を帝姫さまに差しあげてもよいものでしょうか？」

もちろんこの態度、演技である。いくら宦官《かんがん》とはいえ、清喜の前でも平然と授乳してしまうような彼女である。清喜が困っている様子を見て、最近はやっていないけれど。

「あまり……よいものではないわね。別室に移りなさいな」

小玉は夏湖の言葉に全力で乗っかった。

しかし紅燕の「いえ、けっこうよ」の一言に腹の奥が一瞬ひんやりとしたが、次の言葉でほっと胸をなで下ろす。

「そろそろ戻るわ。押しかけて、悪かったわね」

「滅相もない」

と言いながらも、内心積極的に貴妃を見送った。

「貴妃さまはお帰りになりましたか」

「ええ」

紅燕の見送りのあと、背中と胸に赤子二人をくりつけた綵も戻ってきて、育児部屋はふたたび賑《にぎ》やかになった。なお、清喜は捕まらなかったらしい。

「貴妃さま、特に害意は感じなかったのですが、なにやらすごく……林《りん》の従姉《いとこ》に似ている気がします。思いつめているというか。初めてお会いした方ですので、ふだんのご様子はわからないのですが」

夏湖は、とっさに貴妃を遠ざけた理由をこう語る。

「あのね、夏湖」

「はい」

「本当に令月のこと、末永くお願いします」

頼もしいことこのうえない。

「そのつもりでおります」

うーん、冷静。

綵も見た目の無表情さほどではないが、中身がかなり冷静なので、乳母についてはかなりいい人材が揃った。

しかも夏湖、機転が利くだけではなく、乳母としてもかなり手慣れていた。元々の器用さによるものではなく、あきらかに経験のある者の手つきである。

本人曰《いわ》く、

「わたくし、最初に産んだ子に関しては、乳母として接するよう命じられておりましたので」

……とのこと。

闇を、ものすごい闇を感じる発言である。

伯母《おば》のほうの史氏から話を聞いたところによると、夏湖は嫁ぎ先の裴《はい》家には妾《めかけ》として入り、最初に産んだ男の子は取りあげられ、正妻の子とされたとのことである。次に産んだ徽娘《きじょう》も、もし男の子として生まれていたら裴家に奪われ、夏湖は令月の乳母として身一つでここに送りだされるはずだった。

「嫡子とされるのであれば、あの子も不自由ない生活を送れるのでよいでしょう」

夏湖は最初に産んだ子については割りきっているようだが、この年齢でそう達観できるようになってしまっているということを考えると、おそらくこの情報の行間にも語られていない闇が隠されている。婚家との絶縁につながるなにかも、そこにあるはず。

おそらくそのあたりの事情もよく知っているであろう鴻の乳母は、「史家の長女は、結婚運がないのかもしれない」なんて言いながら泣いていたから……。

姪《めい》の夏湖同様、史家の長女である彼女も、けっこうかわいそうな結婚生活を送っていることを知っているので、小玉は一笑に付すこともできなかった。

彼女のもう一人の姪であり、令月の最初の乳母であった娘は、長女でありながらも幸せな結婚をしているようだが、彼女の姓は「林」だから、もしかしたら本当に史家の長女は結婚運が悪いのかもしれない。

できなくていいことまでできてしまっている乳母・史夏湖はわずか十五歳にして、下手をしたら小玉よりも壮絶な人生を送っている。世界は小玉を中心に動いているわけでもないし、小玉だけに辛《つら》い運命を背負わせているわけでもないということだ。

さすがにそこまで鋼鉄のように仕上がっていると、見ているこちらも心配になるものの、夏湖も娘らしい態度になることがある。それは伯母である鴻の乳母の史氏と一緒にいるときだ。

伯母さま伯母さま！ と、綵と一緒に史氏に懐いている姿は、なかなかに微笑《ほほえ》ましい。

綵が、変な加わり方をしている点を除けば。

鴻の乳母は夏湖の伯母であって、綵の伯母なわけではないし、それどころか同年代なので傍目《はため》にはとても異様。本人たちが問題にしていないのが不思議なくらい。

そう、本人たちは問題にしていないくらい、仲がいい。

いいことなんだと思う。うん、思うことにした。

それにしても紅燕のこと……気になりはするのだが、今の彼女は小玉よりも上位の立場で、心配することぐらいしかできない。真桂に一応報告しておこうと、小玉は清喜を捕まえて先触れを頼んだ。

無事に報告も終えたし、紅燕が小玉のところにまた来るわけでもなく、この件は終わりとみていたころ、小玉にとってある事件が起きた。

前置きすると、この件とはまったく関係ない。国家的にも軍事的にもぜんぜん大問題ではない。

ただこいつのおかげで、紅燕のことなど頭から完全に吹っとぶくらいには、小玉にとって衝撃的だった。

※

紅燕の来訪の数日後、文林が夜にやってきた。

これは珍しい。

人員が揃うまでは、皇帝を泊めることができるような対応ができず、人員が揃ったあとは赤子三人の賑やかな宮になったため、わざわざここに来ても休めないだろうと思って、彼の行動に疑問を持たなかった。

なにより、彼が泊まるということは、まだ女が怖い文林の隣で小玉が眠るということであり、いくら小玉のことは平気と言われても、さすがに心配になる。

なにかあったのかな、と思ったら、あきらかにそんな素振りで文林は話しはじめた。

「小玉、俺はこれからまだるっこしいというか、回りくどい話をする。話の核心に至るまで時間がかかるんだが、心を広く持って聞いてくれないか。そして俺の頼みを聞いてくれないか」

「はい」

もう前置きの段階ですでに迂遠《うえん》だったが、小玉は素直に頷《うなず》いた。

大丈夫。そういう話、するのも聞くのもあたし得意。

特に前者。

「先日からめまいがひどくなってきたって話、しただろ」

「うん。してたねえ」

この前転びそうになってもいた。

「それについて、うちの医師たちが薬について処方を試行錯誤してるんだが、少し問題が発生して」

もうこの時点で、不吉な予想が、小玉の脳裏によぎった。

「待って待って。それ、最終的にあんたの命に関わる話にならないよね!?」

大人しく聞こうと思っていた小玉だったが、さすがに口を挟んだ。

「大丈夫だ。最後まで聞け。あとそういう場合『少し問題』じゃなくて、『大問題』と表現するから」

「なるほど。はい。続けて」

「これまで長いこと飲んでいた薬との飲み合わせが、悪くなるというところが、どうも問題でな」

「はいはい。あんた金丹とか飲んでたもんね」

「ん……金丹は特に。それ以外に飲んでたものが」

なんだか急に歯切れが悪くなった。

「他のって？　美髯《びぜん》効果のあるなんかかな？」

「それも飲んでたんだけど、それも関係なくて」

やっぱり髯《ひげ》の薬飲んでたんだ……と小玉は思った。そこまでこだわれるものがあるのはいいことだと思う、うん。

「その………が」

「うん？　なに、聞こえなかった」

「痔《じ》が」

「はい？」

「痔の薬と合わなくて」

「あ、はい」

――あんた痔だったの……。

文林はいたたまれないというか、恥ずかしそうな顔をしている。こいつにも羞恥心《しゅうち》があったんだということ、そして皇后だったころも全然知らされなかったことに、小玉は感心した。医者って口が堅いんだなあ。

「実は武官のころからそうで」

「へえ、そうなの？　それも初めて知ったわ」

やっぱり驚くようなことではない。武官にも珍しくないことだから。

馬に乗る機会が多いと、どうしても、ね……なんて話はよく聞く。小玉がたいへんお世話になった王《おう》将軍もそうだった。

そういえば痔によく効く花のことを教えてあげたのに、微妙な顔をされて、たいへん遺憾な思いになったことがあった。

「皇帝になってからは、座り仕事ばっかりだったせいか、どんどん悪化して……」

「皇帝の立ち仕事って、あんまり聞かないもんね」

皇帝になってからの文林の姿を思いおこせば、たいてい座っている。

どれくらい座っているかというと、彼の体がなまりすぎてここ数年は手合わせに誘うこともしていないくらい。現役の武官だったころに比べれば明らかに弱くなっている小玉を、華麗に追いぬいて弱体化するほど、文林はいつも座っている。

そして座っている椅子は、ご立派ではあるけれど、見た目からして硬いやつ。

そりゃあ、尻《しり》も辛かろう。

「たいへんな仕事だもんね」

小玉は混じりけなしのいたわりを込めて、文林の肩を叩《たた》いた。

「でも、そんなにしんどいのに、痔の薬飲むのやめるの？」

「飲むのはやめる」

「悪化しない？」

「悪化するだろうから……塗り薬になった」

「あ、そうなの」

——それで？

これまで心に秘めていたことを告げてくれたこと自体は、たいへん感慨深いが、この話がどう着地するのかわからない。

治療を中断してしまうから、どうすればいいだろうと民間療法について教えを乞われるなら、本当に効果があるかどうかはともかくとして、答えること自体はできるが……。できれば文林の主治医を交えて話したいところ。

「塗り薬ということは、尻に薬を塗ることになる」

「そうだね」

「ということは、尻に触らなくてはならない」

「そうだね」

「尻をな、男に触られるのが嫌なんだ。世話されるのはかまわない。でもどうしても、宦《かん》官《がん》でも嫌だ」

「あー、ね」

下働きに対してはこの男なりに理不尽にならないよう気をつかっているのに、それでもそんなことを言うとは、よっぽど嫌なんだなと、頷きつつも小玉は思った。

若いころ、男に貞操を狙われた経験のせいだろうか。

「かといって女も嫌だ。すごく嫌だ」

「うんうん」

仙娥の件で、ふだん触られるのも嫌なわけだから、尻なんてもっと嫌だろう。

「だからもうお前しか。頼む、塗ってくれ」

死地に立たされた男の顔だった。

「いいけど……」

小玉は特にこだわりはないし、痔に対して「痛いのは嫌だよね」以外の負の感情を抱いてもいない。

正直、そこまで悲愴《ひそう》になることとか？　という思いが脳裏によぎりはするが、そう思うのは駄目だよね、とつい先日の記憶が否定する。

意に染まぬ性行為を「あっさり」ですませていいのかどうか、先日小玉なりに結論を出した。あれと同じだと思うのだ。

なにを嫌がるかも、嫌がらないかも当事者の自由。

「いいのか⁉　おいもうちょっと考えろ。尻だぞ！」

かといって、今こんなふうに詰めよられるのは理不尽だとは思うけど。

「なんで頼んだ本人が止めようとしてんの」

少なくとも小玉は、家族相手だと思えばぜんぜん気にならない。

鴻や令月に対してだって、おむつを替えるときに尻には触っている。

それと同じようなもの……いや、排泄《はいせつ》物が手にべったりくっつく恐れはないし、尻を拭《ふ》く直前にごろんごろん転がられることがないぶん、おむつ替えよりはるかに楽。

「……あんたの尻に触ったあとの手、洗うなって言われたら、さすがに嫌だけど」

「そんなのは俺も嫌だ」

それに、戦場で内臓はみ出しそうになってるやつの傷口を、押さえつけるのよりはましな作業だと思う。少なくとも、差し迫った感じはない。

「それよりさ、妃嬪《ひひん》が皇帝に薬塗った直後に皇帝崩御、みたいな流れになったら、あたし間違いなく疑われるから、そこの対策しっかりしてほしい」

令月のことを考えると、さすがに今は死ねない。あの子歩けるようになるどころか、最近になってようやくよだれが垂れてくるようになった程度なのに、残して逝くことになるとか、本当に、本当に……！

「大丈夫だ」

文林は自信ありげに笑った。

「仮にそれで死んでも、皇帝の死因としては外聞が悪いからな。体調不良による急死ということで、各方面が協力して隠蔽してくれるはずだ」

「そうかなあ」

頼もしいけど、求めていた答えじゃなかった。

「あたしが考えてほしいのは、薬塗ったことで死ぬ前提の対策じゃなくてさ……あっちょっと待って。この薬って、毎日塗らなくてもいいやつですか？」

「毎日塗らないといけないやつですな」

唐突に丁寧になる小玉の言葉づかいに、常ならば「なんだその口調」とか言うだろうに、そんなことはないどころか、むしろ小玉に同調してしまってる文林。これは本当に限界極まっている。

「つまりあんた、毎日薬塗られに来るの？　ここに？」

言外に「めちゃくちゃ忙しいのに？」と尋ねる。文林は「もちろん」とは言わなかった。

「……無理なときは俺のところまで来てくれないか？」

「そうなるよね……いいよ」

やっぱり忙しいらしい。でもなるべく椅子から立つようにはしてほしい。痔が悪化しそうだから。

「どうしてもお前に会えない日は、賢恭が塗る。それくらいは我慢する」

「なんかやだな……」

口に出しちゃった。

昔好きだった人が、今の夫の尻に薬塗るのか。嫌な意味で感慨深い。

「わかる。俺もお前の立場だったらそう思う」

なんかこいつ、今日はやけに共感力がすごい。

なるべくこっちから毎日会いにいってやろう……そう心に誓いつつ、小玉は手を差しだした。

「はい、じゃあ薬ください」

「はい……」

ものすごく気が乗らない感じである。頼んどいてなんだその態度は。

「尻出してください」

「いやだ……」

頼んどいてなんだその態度は。

「出せ」

「お前、本当に嫌じゃないのか……？」

さすがにぶち切れた。

「これまであんたと一緒にやってきた理由が、あんたの尻の痔《じ》を知らなかったからだとでも思ってんの⁉ 違うでしょ！ おら、尻出せ！ 剝《む》かれるのが嫌だったら、あたしがひん剝くわよ！」

「脱ぎます」

結局文林は自分で服を脱いだが、すっかり消沈してしまっている。横たわる彼は、まるで死体のようにぴくりとも動かない。

「はい、おしまい」

塗りおわった小玉の言葉に、なにか返すこともない。

「情けない……」

なにかと思ったら泣きだした。

恥ずかしがることはないと思いつつも、現に恥ずかしがっている事実を否定すべきではないとも思う。難しい問題だ。

「大丈夫よ。きっと治るし、治るまで塗るから」

さすがにかわいそうというか、なんだかかわいくすらなってきて、小玉は薬を塗ったほうではない手で文林の頭を撫《な》でる。

「……お前はこれで幻滅しないのか？」

「あんたに対して幻滅はすでにしてるけど、これが原因じゃあないね」

小玉は文林に対して思うところは山ほどあるし、許していないこともあるけれど、こいつを見放すとしても原因がこんなことであるわけがない。これまでさんざん尽くしてやったんだ。今さらこれくらいがなんだ。

よっぽど顔に重きを置いている人間なら、文林の顔に似合わないからって理由で、文林に対する気持ちが変化するかもしれないが、別に顔と尻は関係ないし。

「俺はこの顔のせいで、男に尻狙われることあったんだけどな……」

「そうね、部分的には関係あったわね……」

文林の言うとおりだったので、小玉は一部発言を訂正した。

「俺はなるべく長く皇帝でいる。もし鴻が早く即位して痔になったら気の毒だろ……まだ若いのに……」

これが文林なりの、父からの愛……。

なのかもしれない。

「年齢関係ないとこもあるけどね。子ども産んで痔になった話とかよく聞くから。だから女の子、早ければ十代半ばで痔になるよ」

「なんで……？」

なんでときたか。

「え、むしろなんで『なんで』って聞かれるか、わからない」

「赤子が出る穴じゃないのに、なんで尻《しり》の穴が痔になるんだ？」

「そっ……うきたか〜」

異性の体の構造についてあれこれ教育することもないし、そもそも人体の構造も完全には判明していないこの世の中である。だから今の文林の発言は、彼がとりわけ無知だからだとか、関心がないからだとかいうわけではない。

「あたしも医者的な感じで説明できるわけじゃない。でも昔から周囲が、赤子産むとなりやすいね〜って話してた」

現に小玉だって、同じ女の体なのにうまく説明できないわけだから。

けれど文林は、さすがに小玉よりは知的に返してくる。

「なるほど統計的な意味での知識か」

そうなのだろうか。

そうなのかもしれない。

……などと葛藤《かっとう》するより、手っとりばやい方法を小玉は選ぶ。

「今度うちの担当の医者に聞いてみるわ」

こういうときは玄人《くろうと》に聞くべき。

「俺も一緒に聞きたい」

近々、主治医による痔の講義が始まることが決定した。彼の性格が、嫌がるどころか楽しくやってくれそうな人でよかった。

「もしかして、高貴妃《こうきひ》とか司馬《しば》氏とかもそうだったのか……？」

「いや、彼女らがそうだったとはかぎらないけどね！」

死後、こんなかたちで思いだされるとは、彼女たちも思っていないだろう。

「やはり子を産むのはたいへんなことだな、実際。お前あと数年経って情勢落ち着いたら、その支援関係着手しろ。興味持ってただろ」

痛みを知ることで優しくなれるというのはよく聞く話だが、文林は産婦に対して非常な親近感を持ったようである。

「ええ〜、興味ね。あるけど……」

「なんだ、消極的だな」

「武国士監《ぶこくしかん》の例があるから、立ち上げといてよそにぶん投げることになったらとか……ねえ」

「誰かに引き継ぐこと前提で進めろ。お前も歳だ。ぽっくりいったときに、周囲の備えにもなるだろ」

「それは確かにそう」

※

翌日から、小玉は文林の宮に頻繁に足を向けることになった。皇帝の命で帝姫《ていき》の顔を見せるために、という名目で。

実際、令月を連れていく。

いつもいく時間帯には鴻がいて、どうやらこれは文林による配慮のようだった。彼が帰ったあとで小玉は文林に薬を塗ってやる。

ある日、文林が小玉にこう言った。

「鴻のこと、母として接してやってくれないか」

「……いいの？」

「もう母后《ぼこう》陛下でもないしな」

実際、鴻は今「充媛《じゅうえん》」と呼んでくる。自分だって一介の妃嬪《ひひん》が皇子に接する一般的な態度をとってはいるが、実際ちょっと寂しい。

だからこの文林の解禁は、たいへん嬉《うれ》しかった。

けれどもいざ、そうするとなるとなかなか気恥ずかしいものがあって、やってきた鴻に対し、小玉は妙にあらたまった態度をとってしまった。

「大切なお話があります」

「はい」

返事をしながら鴻は身構える。それもそのはず、人払いもしているわけだから、「なにかあった」ことはたやすく察することができるはずだ。

小玉は昨日書いて、頭の中に叩《たた》きこんだ文章を読みあげはじめた。

「いつからのことでしょう。もうずいぶん前からのことなのは確かです。あなたがわたくしを『母后陛下』と呼ぶようになったのは……」

「はい」

素直に頷《うなず》く鴻に対して、文林ときたら。

「いや、手紙の出だしか？」

口を挟むんじゃないよという気持ちを、肘鉄《ひじてつ》に乗せて伝えておく。

とりあえず文林は黙った。

「あれから何年も経ち、わたくしはもう皇后ではありません。あなたの嫡母ではなくなりました」

文林は黙ったままであるが、ものすごくなにか伝えたいような顔をしている。

「ついでにあなたの養母であった過去も、なんとなくなかったことになりました」

文林は「なんてこと言うんだ信じられない」、とでも言いたいような顔をしている。いや、その状況作ったのあんただから。

鴻はなんだか沈みこんだ顔をしている。

「けれども、わたくしがあなたに『母』として接した事実はまちがいなく残っているのです。すくなくとも、わたくしと、あなたに」

「と、いうことで……鴻」

ずいぶんと久しぶりな呼びかけだった。

鴻が小玉に抱きついてきた。

「ははうえ……」

そして少し泣いた。

少しして泣きやんだ鴻は、鼻をぐずぐずさせながら問いかけてくる。

「僕は、また母上のことを母上と呼んでいいのですか？」

「ええ」

「人前以外ではな」

――文林……お前……。

その事実は伝えておくべきだが、もう少し待ってからにすべきだった。

ともあれ母子としての時間を確保することで、ここしばらく彼とよく接することはなかった小玉でさえわかるくらい、鴻は明るくなった。

しかし鴻の小玉との関係は再び近くなったが、相対的に文林との間にある一線が際立つ結果になってしまった。

「根っこではあいつ、俺のことが嫌いだからな。これ以上は無理だろ」

文林、そこは割りきっているようだ。小玉もこれ以上どうこうしようとは思わなかった。仮にどうこうしようとしたとしても、言える内容が「文林は、お前を痔《じ》にさせないために、なるべく長生きするつもりなんだよ」くらいだし、文林も痔のことを喧伝《けんでん》してほしくないみたいだから、そっとしておくしかない。

ところで文林言うところの「あいつ」は今、妹に痛めつけられている。

「あ……ッ！　令月痛い痛い。それはいけない……！」

冠の紐《ひも》を引っぱられて、冠がずれて、そして鼻が……という、なかなか悲惨な状態。

「げえぇうっ！」

これは令月の声。不機嫌ではない。むしろその逆。彼女、内輪では喉《のど》におっさんがいる、と言われる。それも酔っ払いの。

なお、いちばん澄んだ声を出すのは夏湖の娘である徽娘《きじょう》。

まあ、誰の声もかわいいんだが。

「げうっじゃなくて！」

多分令月を放せばいいのだが、彼女がご機嫌なため無下にできないとでも思っているのか、無理に放すと令月が怪我をすると思っているのか、とにかく令月を抱いたままの鴻はずっと痛い目にあったままである。

「あっ、口に手突っこまないで！」

令月は紐を持っているのと反対の手を、鴻の口の中に突っこもうとする。したたるくらいによだれまみれ。鴻は半端にのけぞりながら回避を試みている。

あ、冠落ちた。

赤子のご多分に漏れず、生まれたばかりのころは令月もそんなによだれが出なかったが、あの姿が嘘《うそ》のように口からだばだばと零《こぼ》している。成長したもんだ……まだ一年も経ってないけど……あと十年以上育てないといけないけど……。

一般的には「汚い」といわれるような令月の姿にも引かず、鴻はよく彼女の相手をしてくれる。歳の離れた妹は彼にとってかわいいようで、こういうことはわりとよく見る光景だった。

「あんなに優しい子に嫌われてるのね、あんた」

「俺も今そう思った。あいつあんなに優しいのか」

なんか自分が思ってるのと、文林の思ってる「優しい」はちょっと違う気もする。

なにはともあれ狙ってこうなったわけではないが、「家族」の時間ができた。

いびつではあるが、穏やかな時間を過ごせるようになった。

※

それが引き裂かれたのは、ある雨の夜のことだった。

その名前に似合う人物が、小玉の宮にやってきた。

「雨雨さんが来ました」

「なにごと？」

寝室で文林と一緒に令月のことを話しあっていた小玉は、小首を傾げながら立ちあがる。

「俺も行こう」

びしょ濡《ぬ》れになった雨雨は、小玉を見て……正確には文林を見て、絶望の表情を浮かべた。

「なにがあったの？」

「あ、いえ……なにも……」

「言え」

文林の命令に、雨雨は体を震わせる。

「貴妃《きひ》さまが……自害を、はかって」

小玉は眉《まゆ》をひそめた。

妃嬪の自害は大罪である。

建前上は。

小玉が後宮に入ってからこのかた、孫修儀《そんしゅうぎ》だとか仙娥だとか自害する妃嬪はけっこう多いので説得力がないが、そういう決まりがあるせいでだいたいは自害の事実は隠匿されている。それくらいには罪である。

なお、皇帝から賜った毒や白絹を使った場合は、賜死《しし》と呼ばれ、厳密には自害とはされない。

ちなみにいちばん根性のある死に方をしたのは司馬氏だ。自分の罪を否定するために文林から賜ったものを拒否し、その気になれば壁とかに頭を打ちつけたりして死ぬこともできるのに、餓死を選んだ。あれも厳密にいえば自害だが、妃嬪としての罪にあたる死に方ではない。なにかと問題な司馬氏であったが、妃嬪であるという自意識は部分的に高かった。なかなかできることではない。

紅燕のほうはというと、薬物を服用したらしい。こちらは明らかに罪に該当する。

「命はご無事です。ですが……目が、覚め、なくて」

「こっそり相談しにきたの？」

なにせ隣の宮だ。動きがあっても、周囲に悟られにくい。

「はい……」

それなのに文林がいたせいで、即座に発覚してしまったと。

ただこれは、いるかどうか確認しなかった雨雨が悪い。この宮は今、後宮の中でいちばん皇帝が訪《おとな》う場所だから。最近の文林は、別に隠す必要もないのにこっそり来がちではあるけれども。

それを差し引いたとしても、雨雨はよほど混乱していたのだろうか。

「わたくし、貴妃さまにどうお詫《わ》びしていいか……」

今にも死にそうな雨雨に、文林が意外な言葉をかけた。

「事故ならば仕方があるまい」

雨雨がぱっと顔をあげる。

文林は今、紅燕の自害未遂を隠匿すると告げたのだ。

「大家」

文林は小玉に耳打ちする。

「後宮で馮王家の王女が自害に追いこまれたとなると、皇族間の関係が悪くなる。当然の措置だ」

「そう……」

多分、言うとおりなのだろう。けれども彼の心の中に、色んな人間に対する負い目の自覚がある。彼の変化は喜ばしいが、それが彼自身を苦しめなければいいと小玉は思った。

「充媛《じゅうえん》、貴妃の宮に行け。年かさの者がついたほうが、貴妃にとってはいいだろう」

「そういたします。雨雨。行きましょう」

あとはお前たちで話しあえと促され、小玉は雨雨ととりあえず清喜だけを連れて紅燕の宮へ向かった。

小玉を出迎えたのは、昏睡《こんすい》する紅燕だった。前回会ったときも痩《や》せたと思ったが、今はさらに痩せたように見える。

「どうしてこういうことになったの？」

思わぬ人物のことを持ち出され、小玉と清喜は驚いた。

「王太妃さまのご体調が……」

「王太妃さまは元からさほどお体が強い方ではいらっしゃらないのですが、最近とみに悪化しているようで」

小玉は眉根を寄せた。

「それがこの件と、どうつながるの？」

「王太妃さまがおそれおおくも……こ、薨去《こうきょ》ということになれば、貴妃さまは王の唯一の身内とおなりです。皇帝の嫡女たる王太妃さまほどの後ろ盾にはどうしてもなれない……ならば、それを得る一番の手段は……」

小玉にもわかってる。

「皇帝の子を産む。できれば皇子」

けれどもそれは紅燕にとっては母への、そして憧《あこが》れの人小玉への裏切りである。

そして小玉が皇后の位にいるままだったら、それを拒んでもらえるはずだったのにという嘆き。

「それに……」

「他にもなにか？」

「貴妃さまは、その、想うお方が」

その相手への恋心……すべてが紅燕を追いつめ、紅燕は衝動的に行動に出てしまった。

小玉は紅燕が密通しているのか、とは言わなかった。彼女はそんなことはしない。雨雨も自分の説明に不足があってはならないと、言葉を付け足す。

「ただ一度だけ会った方ですので」

「そう、それは……相手を聞かないほうがいいのかしら」

相手のためにも、そう思ったが、雨雨は首を横に振った。

「いいえ……お伝えしておいたほうがいいのだと思います。きっと充媛さまにとっては、いいことではないのでしょうが」

嫌な予感がしたが、小玉は耳を澄ませ、そしてため息をひとつついた。

「わたくしは……もし王太妃さまになにかあったら、お嬢さまの後援も失うのではないかと思い、貴妃さまのお心に寄りそうこともできず……」

雨雨は静かに泣きだした。お嬢さまこと、彼女の旧主は王太妃の養女というかたちで坏《はい》胡《こ》に嫁いでいる。彼女の後ろ盾を案じるのは当然だった。

「この子、丙のことが好きだったの」

小玉はぽつりと呟《つぶや》いた。

——知らなかったわ。

※

小玉には選べる道が二つある。

とても困難ではあるが、皇后として復帰して、紅燕を拒む態度をとるか。あるいは回復した紅燕を説得して、皇帝と同衾《どうきん》させることである。

実質一択ではある。

今は小玉を皇后にする理由がないからだ。しかも一度廃されてるから。

紅燕の丙に対する思慕については、考えるだけ無駄だ。文林が生きているかぎりは、どうやったって無理だ。仮に文林が死んだとしても、貴妃ともなった女が他の男に嫁ぐなんてこと、よほどのことがないかぎり無理だ。

そもそも丙が、紅燕のことが好きかどうかもわからない。

――でもね、あなた勘違いしてる。皇后だったときのあたしは、あなたが文林と寝ると言っても、拒まなかったと思う。

そういう奴だったから、自分は。紅燕が来る前なんて、文林の出会いを積極的に後押ししようとしたときすらある。

――ごめんなさいね、貴妃。

小玉は紅燕の期待に応《こた》えるために、生きていたわけではないから。

でも……。

小玉は今の自分の好き嫌いを考える。

文林が他の女と寝るのは嫌だ。そして紅燕にだってできれば幸せに生きてほしい。

その結果思いついたのが、これだった。

「大家。帝姫《ていき》を馮王の許嫁《いいなずけ》にしてはいかがでしょうか。歳はだいぶ離れてしまうことになりますが……嫡女ではないにせよ、大家の唯一の姫を娶《めと》るということになれば、馮王家との紐帯《ちゅうたい》が弱まることはないでしょう」

貞もこの話に納得している。王妃となるならば、令月の将来はある程度は確かなものになると。ついでに乳母たちも。元婚家から遠ざかれるし万々歳とついていく気満々である。

さすがに、これからすぐ行くわけじゃないのだが。

「おまえは……それを、自分で考えたのか」

「ええ」

「そうか……」

どこか寂しそうに頷《うなず》く文林に、気持ちはわかるよと内心頷いた。以前の自分なら子どもの政略結婚について、積極的に関与するようなことはなかった。

ましてや自分から提案するなんて！

でも今の小玉は、自分の好き嫌いを、国益を損ねない範囲で守ろうと思っている。

「ところで大家。わたくしが馮王領に向かう許可をいただきたく存じます」

これが最後の最後だ。小玉は彼女に会わなければならない。

文林は重々しく頷いた。

「わかっている」

すんなり頷かれて、小玉はいささか驚いた。

「……あの、本当によろしいので？」

「なにがだ」

あ、これはわかってない。

「毎日お会い出来なくなりますが」

「そうだな？」

ここまで言っても通じないなんて、文林にしては意外に察しが悪い。

「あの、これが……」

小玉は手のひらを空中でくるくると回し、なにかを塗る動作をする。それを見た文林が「しまった」という顔をする。

――やっぱり気づいてなかったのか……。

でも口に出した許可はもう撤回できないし、仮に撤回しようとしたとしても、小玉は無視する気満々ではあった。

※

なんで可愛いのかよくわかんないな、と鴻は自分のことを不思議に思っていた。

異母兄のことはおおむね嫌いだったが、妹のことは嫌いじゃない。

目の前には今、赤子がいる。

これが妹だ。腕を思いっきり振りかぶって寝返りを打とうとしたところで固まっている。

あ、元の姿勢に戻った。

また腕を振りかぶる。

「令月。そこですっと腕抜かないと駄目だよ」

「言ってもわかるわけないだろう」

言ってもわかるわけないか……と思ったところで、父に同じことを言われ、鴻は感情のない声で返答した。

「そうですね、大家」

というか、なんでここに父がいるんだろうと思う。

自分はまだわかる。義母が遠方に出かけ、手伝いのために鴻の乳母が駆りだされた。ついでに自分もついてきた。ほら自然。

でも父はなんだ。なにがきっかけなんだ。

「お前は令月には親身だな」

「そのようです、大家」

淡々と答えつつも、確かにそうだなと鴻は思う。

もっとも母を奪われて嫌う……というほど、鴻は子どもではなかったし、小玉が令月を養育するにあたり、複雑な事情があるということはわかっていた。

あと父が嫌いすぎて、父みたいな感じにはなりたくないと思っていた。

だがそれにしたって、妹を可愛いと思えるようになった理由がわからない。祝いの席、小玉に抱かれる令月を見てももやもやする感情はあったが、それでも令月自体に悪意を抱けはしなかった。

そこまで人間味を捨てるつもりはなかったが、小さき者に無条件で愛を抱けるような人間でもないという自覚はあったから。

「帝姫さま。おむつを確認させてくださいね」

そう言って鴻の乳母が、令月を抱き上げる。令月はなんだかむずかりはじめた。

「珍しい」

令月は抱っこが好きなのを鴻も知っている。割と誰の腕にも身を任せる子だ。

「充媛《じゅうえん》さまがいらっしゃらなくて、お寂しいようです」

乳母が微笑《ほほえ》ましそうに言う。

「そうか……」

なんだか腑《ふ》に落ちた。

「お前も、母上が好きなのか」

「げぼっ」

次の瞬間、返答の代わりのように令月が乳を吐いて、大騒ぎになった。

自分と父だけが。

※

馮王領から届いた手紙を読み、雅媛は細い指を額に当ててため息をついた。

「なんてこと……」

内容はあたりさわりのない定例報告であるが、書いた人間が問題だった。

あまり見慣れない字であるそれは、義理の弟にあたる馮王がしたためたものだ。雅媛に宛てられた手紙は、いつも王太妃が書いているのに。

──それほどまでに、危ういのか。

手紙が出されて、そして届くまでの時間を考えると、もしかしたらすでに……。

彼女が病である、という報をこれまで直接受けたわけではない。義理の娘とはいえ、雅媛はその程度の存在だ。

それに坏胡《はいこ》側から探ったとして、たやすく情報を漏らすような人ではない。直近の事例では、王太妃が、帝姫の祝いの席に不参加だったということから推しはかることができた……その程度のこと。

その彼女がこういうかたちでとはいえ、危ういことを直接知らせてきた。それは雅媛のためではない。

「……香児《こうじ》」

「はい」

「読みなさい」

雅媛はいつもそうしているように、側仕《そばづか》えに文を渡す。

「ありがとうございます」

香児は顔をほころばせて文を受けとり……一読するなり、顔を青ざめさせた。

ああやはり、と思いながら雅媛は、王太妃はもちろん、彼女との別れも近々訪れるであろうことを覚悟した。

香児は王太妃の子飼いだ。王太妃に心酔している。

かたちこそ雅媛に仕えているが、実質は王太妃のために派遣されていると言う程度のものだ。

王太妃の書いた字を見るだけで喜ぶ彼女に、雅媛は届いた手紙をいつも見せてやっているし、そうであることを王太妃側の人間もよく知っている。

だからこの手紙で王太妃の死期を伝えたい相手は、雅媛ではない。

香児だ。

王太妃のために、王太妃から離れることもいとわない彼女の忠義に、最後の最後で報いてやろうとしているのだ。

「……身辺の整理をなさい」

「ありがとうございます」

止めるようなことはしなかった。できないことは、しない。

手紙を雅媛に返し、一礼して退出する香児は、まったく迷いなどないようだった。

返された手紙を乱暴に握り、雅媛は一人、部屋で目をつむる。

雨雨に会いたい、とむしょうに思った。

自分に誠心誠意仕えてくれた、気の優しい側仕えに。

けれども孤独だと自己憐憫《れんびん》に浸るには、あまりにも雅媛はここで新たな人間関係を作っていたし、その親しい者のために動き出さなくてはならない自覚があった。

これから自分は忙しくなる。明らかな後ろ盾だった王太妃を失い、その子である馮王がずっと自分を後援してくれる保証はない。もちろんすぐに手を引くことはないだろうが、相手の動向を探りながらかけひきする必要があるだろう。

帝国内の力関係もきっと変わるだろう。皇帝はどう動くか……。正直母国の皇帝とはいえ、宸の現在の皇帝は、統治能力がそれほど高い人間ではない。

あの方は、傾いた国の頂点に据えるにはあまり向かない人間だったのだと、今の雅媛はわかっている。小さな部族とはいえ、その頂点に立つ者の伴侶《はんりょ》となったからこそ、わかるようになったことだ。

――寛に、よりすりよる必要があるわ、これから。

寛の後宮に衛夢華《えいむか》を送りこんだのは、やはり正しい判断だった。幸い夫は柔軟な考えの持ち主だ。利があると判断するならば、かつて弓を引いた相手に腹でなにを考えていようとも、膝《ひざ》をついてへつらうくらいのことは平気でできる。

頼りない？　いやいや、雅媛にとっては頼もしい夫だ。

王太妃を失って、もっとも損をするであろう人間——小玉を助けるために、なにかしてやるつもりは、今の雅媛にはなかった。

以前の雅媛なら、小玉が置かれた状況に、気をもんでいたにちがいない。どんなことでも助けてあげたいという気持ちは、かつての雅媛に確かにあった。

もちろん今だって、心配する気持ちがないわけではない。小玉が命を失いそうになるなら、さすがに慌ててどうにかしようとするだろうし、利がないことがわかっていても、なんとかしてほしいと夫に懇願する。自分の坏胡内での立場が悪くなろうと。

けれども小玉に迫っているのが命の危険の類《たぐい》でないのなら、今の雅媛は他に優先したいことがある。

あの日、坏胡に嫁ぐことを決めたのを、後悔した覚えはない。

けれど嫁ぐことを決めた「理由」よりも大事なものが今の雅媛にはあって、今の雅媛が動く「理由」はその、今大事なものだ。

夫、子どもたち、今の一族。

夫にぞっこん惚《ほ》れこんでしまったというわけではない。子どもたちのことも多分、雅媛自身よりは大切ではない。仕える者たちも利用価値第一で考えている。

それでも毎日のように肌を重ね、触れあい、頭を下げてくる相手になんの情も抱かないような人間だったら、雅媛はそもそも関《かん》小玉にだって、まったく心を動かすこともなかったはずだ。

――あの方は、薄情だとお怒りになるかしら。でも意外に「わかる」と言うのかもしれないわね。

彼女だって、もう遠くに離れた雅媛よりあとに出会ったのに、雅媛よりもずっと優先する相手がいるはず――たとえば、令月と名付けられた帝姫《ていき》のこととか。

自分だって生《な》さぬ仲の赤子を育てているが、もう情が移ってしまっている。

※

——あの子は元気かしら。

夢華は、鏡の中の儚《はかな》げな美女を見つめながらそう思っていた。

心に大事な存在があるというのはいいことだ。無益な時間を、ほんの少しだけ有益なものにしてくれる。

「今日はこの笄《かんざし》にいたしましょう」

皇帝から賜った髪飾りを頭に当てられ、夢華は言葉少なに頷《うなず》いた。

「ええ」

「慎妃《しんぴ》さまにとてもお似合いですわ」

女官が自らの作品の出来に、満足げに微笑む。実際彼女の「作品」の出来はたいへんすばらしいから、夢華は鷹揚《おうよう》に微笑みを向けた。

「ありがとう。いつもいい出来だわ」

「きっと皇上もお喜びでしょう」

「そうだといいのだけれど」

そう言いつつも、口とは裏腹なことを思っていた。

——でしょうね。

寛の皇帝は、今や夢華に惚れこんでいる。「慎」という字を与え、妃《きさき》の位に封じるくらいには。

——たかが坏胡の貢ぎ物が、こんな短期間に！

そう思うとあまりの滑稽《こっけい》さに笑い出しそうになる。かつて宸の後宮にいたころよりも、はるかに出世してしまった。

でも絶対に笑わない。夢華は自分の本心を、どんなときでも表に出さないと決めた。

「お茶を持ってきてくれる？」

「はい」

女官が退出し、部屋には夢華と、鏡に映る自分自身の姿だけ。

美しいな、と思った。

陶酔するでもなく、客観的にそう思う。今が盛りの美しさだ。あとは落ちるだけ。それまでの間に、自分はどれだけの成果を出せるだろうか。

あの子と、あの人の幸せを確保できるだろうか。

——あの人も元気かしら。

「お前、馬鹿なことをしたんだなあ」と言った彼のことが、夢華は今も愛《いと》おしくてしかたがない。

夢華が坏胡の土地に来た経緯を聞いて、そう言ったわりに、侮蔑《ぶべつ》は感じられなかった。坏胡の長の弟というなかなか難しい立場にありながら、自分の役目を果たそうとする責任感ある人間だった。夢華のような人間など、塵芥《ちりあくた》のように見られてもおかしくないのに、そうはしなかった。

罰を受けた後なのに罪についてとやかく言うのはおかしいだろうと、言っていた。好きにならずにはいられなかった。好きになるだけにしておけばよかったのに、考えなしに彼に迫って子どもを作った。

寛に行く前、最後に会った彼は、夢華と子どものために、命を賭《か》ける覚悟をしたと言っていた。あんなに責任感のある人間に、そんなことをさせてしまった。

夢華は「男を狂わせることができる女だ」と、雅媛には言われた。そうなのだろうかと思った。少なくとも、宸の皇帝は夢華のことを一顧だにしなかったのだが。

けれども宸で一人、坏胡の地で一人、二人の男を無自覚に破滅に追いやったという、否定しようもない実績が夢華にはある。

一人目はどうでもいい。でも二人目に対しては、絶対に償わなければならない。

だから夢華はここにいる。雅媛に我が子とその父を人質にとられているからという、受動的な理由だけではない。夢華が頑張れば頑張るほど、二人の厚遇を得ることができる。仮に雅媛が坏胡の地で失墜したとしても、そのときまでに地位を確立させておけば、二人を助けだすことができる。

これは戦いだ。

夢華は鏡の中の自分に誓う。もう何度目かも数えていない誓い。

――わたくしは絶対に負けない。

本当は口に出して言いたい。きっとかつての自分なら、誰にも聞かれていないか確認したうえで口に出しただろう。

けれども今は、誰にも聞かれていないか確認したうえで、それでも絶対に口に出さない。

自分が愚かでうかつであることを、夢華はもう知っているから。

絶対に、自分の心にも隙を作らない。

足音が近づいてきた。女官が茶を持ってきたわりには早足だ。

「慎妃さま、皇上がこちらに」

夢華は立ちあがった。

「お出迎えしなくては……」

言い終わる前に、力強い足音が近づいてくるのが聞こえた。

「ああ愛妃《あいひ》よ、今日も美しいな」

夢華は少し困ったような微笑《ほほえ》みを作って跪《ひざまず》いた。

「男を狂わせることができる女だ」と、雅媛に言われたことを、今の夢華はそのとおりだと思っている。そうでなければ、皇帝が自分の子を流産したばかりの女を放って、夢華のところにやってくるわけがない。

自分と一緒にいると、男が狂ってしまうというなら、恋人とはもう会わないほうがいいと思っている。幸せになってほしい。自分以外の人間と一緒に。

「どうか皇后さまのところへ……きっと皇上の御顔を拝見すれば、皇后さまもお元気になることでしょう」

これは本音だった。きっと梨后《りこう》は夫に一緒にいてほしいはずだ。どれほど胸を痛めていることだろうか。我が子を失うなんて。

産んですぐ離れてしまった我が子のことを思う。あの子が死んでしまったらと考えるだけで、胃の腑《ふ》が氷のように冷たくなる。

けれども皇帝は事もなげに言った。

「優しいな。だがもう三回目だ。あれももう慣れたことだろう」

——そんな言い方、ある？

笑ってしまいたくなる。皇帝への嘲笑《ちょうしょう》で。

梨后は最初の子を産んだあと、立てつづけに子を流している。悲しい経験を複数回重ねて、より悲しくなるという考え方をどうしてできないのだろう。

夢華は梨后に優しくされたことはないし、なんなら命を狙われていると思った瞬間もあるが、憎いと思ったことはなかった。うらやましいとは思っているけれど。

愛する男と一緒にいて、相手に尽くして、幸せになれる人だ。ただその愛する男がどうしようもない。

しょせん、自分に狂う程度の男だ。

かわいそうに。

※

彼女は泣いた。

嘆きと混乱で動かない頭の中、ただ一つの事実だけが頭のなかを埋めつくしていた。

――また「あの子」を産んであげられなかった。

どうしてだろう。自分のなにが悪い?

いや、自分は子を産める女だ。他の子も流れてしまったけれど、孕《はら》むこと自体はできた。

自分のせいか?

夫のせいか?

夫を替えれば、うまくいくのか?

少なくともこの国では、夫を替えることはできない。けれども他の国なら。

自分の生国なら。


「――さま、準備が整いました」

呼ばれて彼女は目を覚ます。「ああ、わかった」

流産の負担がまだ抜けないから、ぎりぎりまで眠っていた。これから自分は国境を越えなくてはならない。

体を起こした彼女は、手早く身支度を調える。

「皇帝は今?」

夫のことをもう「皇上」とは呼ばない。

「あの女のところに」

「そう」

坏胡《はいこ》から献上されて、めきめきと頭角を現した宸風の女……梨后は不思議とあの女のことは憎いと思わなかった。なぜか相手から悪意を感じなかったからだろうか。

あるいは、自分が夫を見限ったからだろうか。あの日、初めて子を流した日から、こうなることが決まっていた気がする。

宮廷では皇帝の寵愛《ちょうあい》を奪われた女、と嗤《わら》われているのを彼女は知っている。好きに言えばいい。お前たちがあざ笑う女が、皇帝以外寄る辺ない身だとでも思っているのか。

一つの国の主《あるじ》であることを、知っているのか。

確かに自分は夫に捨てられたのかもしれない。けれども自分もまた夫を捨てた。いつまでも自分に女児を授けない男など。

あれほど情熱的に愛しあった結果がこれか、と少なからず自嘲する思いはある。けれどもなにも残らなかったわけではない。

「ははうえ」

彼女と同様、旅装に身を包んだ息子が、連れられてきた。

彼女はしゃがみこみ、息子の肩を両手で包んで言う。

「もう一度聞く。お前はきっと、あちらで苦労するはず。それでも母と共に来る?」

本当は、息子を連れていこうかどうか迷った。康に連れていけば、この子は寛の、異民族の血を引く「男」だ。康で軽視される「男」。

けれども寛に残ったら息子は皇帝の跡継ぎとして遇される。彼女が康に戻ったとしても、彼女に対する人質として、大事にされるはずだった。

女王としての彼女にとっては不利益なことではあるが……。

「行く」

「そう」

言葉少ななやりとりではあったが、彼女は息子の手を強く握った。痛いくらいに。けれども息子はなにも言わず、握りかえしてきた。愛《いと》しかった。

康に戻って、彼女がやることはたくさんある。

康の重鎮にとって自分は女王でありながらも、国を売った女だと思われている。そんな彼らから財と力を引き出し、自分の地位を確立せねばならない。

そして「あの子」を産む。

なにより、この子を幸せにする。

皇后出奔の報を聞いた元皇后《もと》――ややこしいが、事実である――は、小馬鹿にした口調で言う。

「あの男、そんな馬鹿だったの」

今は李桃《りとう》と名乗る彼女は、生まれたばかりの娘の頭を撫《な》でながら苦笑いした。

「これからどうされますか？」

夫となった相手は、今も彼女にへりくだってくる。情の通った感じのないやりとりではあるが、まあまあ相手に情を持っている者同士である自覚はある。

桃は苦笑いしながら、考える。

「国は荒れるでしょうね。ちょっと離れたほうがいいかもしれない。でも阿嬌《あきょう》が嫌がるかしら。彼女のお母さんのお墓から離れるし……」

今や義理の娘になった阿嬌のことが、桃はいちばんかわいい。まあ先日産んだ娘もかわいいし、その前に産んだ最初の息子もかわいい。

あと一人、阿嬌の付属品みたいだった嬉児《きじ》については……あの子、どうしてああなっちゃったんだろう。

「阿嬌を……連れていくのは。あれももう人の妻なので。ただあなたさまの御身が回復して、この子がある程度育ってからのことですね」

「それはたしかにそうだわ」

桃は言葉の後半にだけ同意した。

前半に対しては舌打ちした。

「お義母《かぁ》さん！　妹に会いにきたよ！」

「こんにちは」

家の外から聞き覚えのある声が響く。

「あら、阿嬌！　……連れてきて。でも阿嬌に手を出しやがった屑《くず》は、入れないでちょうだい」

なお近い将来、桃は夫、息子、娘、継娘《ままむすめ》、その夫と西方に旅に出ることになる。桃としては、最後の一人は置いていきたかった。

※

紅燕はとろとろと眠っていた。

久しぶりに心地よい眠りだった。最近あまり寝付きがよくなかった。

夢を見ていた。

夢だとわかる夢は初めて見た気がする。


父がいた。母がいた。

父は元気だった。これは過去の話だ。

母も元気だった。これは……過去のことになってしまうの？

母は今も元気なはずじゃなかったっけ。

穏やかな気持ちが一転、心が悲しみに満たされる。そう、紅燕はわかっている。自分はもう、元気な母を見ることができないのだ。それが嫌で……。


——ああ、そうか。

自分は結局のところ、母と別れるのが嫌だったから、こんなことをしてしまったんだ。

※

紅燕が意識を取りもどした。

けれども、ただ目を開いているだけで、中身はまだ眠っているのではないかというくらいに静かだ。

「貴妃《きひ》さま、今日はいいお天気です」

ぼんやりとした顔で床に就く紅燕に、真桂は優しく語りかけた。返事はない。

真桂は、かまわず続ける。

「今日は羹《あつもの》を作ってまいりましたのよ」

真桂は器の蓋《ふた》をとり、匙《さじ》でかきまぜた。

「まだ熱いので、冷めるまで少しお話をしましょう」

負い目があった。前兆に気づけなかった自分。思えばあの王太妃が、いくら彼女の甥を預かっているとはいえ、関氏廃后の騒ぎを知ってここに来ないことからしておかしいのだ。仙娥に関する対応で、紅燕をないがしろにし、軽侮の念さえ抱いていた自分。母の重体という状況下で、安定した精神を保てるような性格ではない。むしろよく隠したというべきか。

気づけたのは自分しかいなかったのに。

「充媛《じゅうえん》が、帝姫《ていき》の降嫁を大家に提案したとか」

紅燕の目が見開かれた。

「そう、その手が……」

かすれた声だった。

「ええ、充媛がそれを選びました」

紅燕はぽろぽろと泣きだした。

真桂は手巾《しゅきん》を取りだし、彼女の涙を拭《ぬぐ》う。

「わたくし、彼女が好きだったのよ」

急に始まった昔語りであるが、真桂は動揺せずに先を促す。

「ええ」

「厳密には、母が好きだった彼女が。彼女のことを話しているとき、母はとても幸せそうで、母を幸せにしてくれる人のこと、なんて素敵なんだろうって思ってたわ」

「素敵な思い出ですね」

「父が亡くなってから、母はとてもたいへんだったから……」

「そうなのですね」

「母は決して情のない人ではないのよ。父の発作のとき、万に一つの可能性にかけて、渋る医師を促して父の血液を抜く治療法を選んだことがあるわ。そのときの父は助かった。けれど周囲は、母のことを『夫を傷つけて殺そうとしている』なんて言っていたわ。そんなわけないのに。父の死を待つなら、あのときなにもせずにいれば、それだけで目的は果たせたのに。母はあの時期ほとんど笑わなかった。そのあとも父が死んで、しばらく笑わなかった。けれど彼女の話をするときは、母は笑ってくれたの」

「はい」

「母は、彼女のことが好きで、憧《あこが》れていたんだわ。わたしはそれを、さも自分自身の感情だと思い込んでいた」

「それは決して悪いことではありませんよ。母と娘、なんとも仲のよいことではありませんか」

紅燕が唇をいびつに歪《ゆが》める。

「その結果が、『これ』でも？」

「結果論で物事を語るのはやめにしませんか？」

紅燕はふと、真桂に笑いかけた。

「賢妃《けんぴ》。一口いただけるかしら」

「はい」

ほんの少しすすって、紅燕は「ずいぶん冷めてしまっているわね」と笑い、また泣きだした。

「温めなおせば、まだ食べられますか？」

「いいえ、今日はこれ以上無理だわ」

「そうですか」

真桂も無理には勧めなかった。精神的な問題ではなく、お腹の問題で無理だと言っていることがわかったから。

「ねえ、賢妃。今のわたくしは、わたくし自身が彼女に恩があるわ。これからのわたくしはその恩義に報いるために、彼女に接すると思う」

「そうですか」

真桂はほんのりと微笑《ほほえ》んだ。

※

——馮王家の王太妃、薨去《こうきょ》。

かつて呉旻《ごびん》と呼ばれていた女は、義母からその知らせを聞いて、静かに目を伏せた。

「そうですか……」

悲しくはなかった。

悲しむ人はいるだろうが、旻は別に。

誰かが死んで悲しむ人間がいれば、悲しまない人間もいる、それだけのことだ。

ただあの美しい方が死んだのだな、という感慨と、少しだけ軽くなってしまった心に驚く自分を感じていた。

死を望んでいたわけでも、積極的に動いていたわけでもない。けれども、自分の死に直結する人間がいなくなったことは、彼女の心から重石《おもし》を一つ取りのぞいたような気持ちになった。なってしまったことに少し驚いた。

よくある話だ。失って初めて大事だったことがわかる、という陳腐な話がある。あれと方向がちょっと違うだけ。失って始めて、重荷であったことがわかる。

——そうか、あの人は自分にとって重石だったのか。

蘭英の家に引きとられた直後、旻のもとに彼女が訪れたことがある。

会うやいなや、彼女に顎《あご》をつかまれ、顔を覗《のぞ》きこまれた。

「わたくしは、お前の祖父の妹にあたる」

「存じて、おります……」

けっこう遠い間柄だが、こうやって相手に直《じか》に触れられていると、なかなかどうして近しいようにも感じられる。

「異母兄《あに》に似ていたら、自分でもどうしていたかわからないけれど……お前は曾祖母《そうそぼ》に感謝しなさい。あの人にもよく似ている」

「曾祖母……」

「短い間だったとはいえ、宮城にいたのでしょう？　宗廟《そうびょう》にかかる姿絵を見たことはない？　ああ……そういえばお前の祖母も、あの人の一族の出だったわね。だからこんなにも似ているのかしら」

そう言って王太妃は、突きはなすように手を離した。

「娘子《じょうし》の崩御の時点で、わたくしが生きていたらお前とその子孫を殺す。娘子のご長寿とわたくしの早逝を祈りなさい」

まるでわざわざ、憎まれるために言っているかのようだった。

でもこれは彼女なりの優しさによる忠告なのかもしれない。旲が子を儲《もう》けたら、その子も死ぬ可能性があるのだと。

あのとき、「誰かと婚姻して子を生《な》す自由」がないというより、「誰かと婚姻せず子を生す必要のない自由」を与えられたと旲は思っている。

母を愛しているし、間違いなく母に愛されていた。そして母が父を愛していたということも、信じて疑っていない。

父は名君だったという。そして彼なりに、母を愛していたのだという。

けれども愛というものの正しさが、人を破滅させる数で決まるのならば、旲の父と母の間に芽生えた愛は正しくなかった。

今の皇帝はいつかきっと自分を殺すのだろうが、それでもそのあり方は正しいと思っている。名君と呼ばれた父よりも。

——馮王家の王太妃、薨去。

脳裏でその事実をもう一度咀嚼《そしゃく》する。

ああ、あの方が死んだ。

※

馮王領への移動は、馬ではなく馬車で行った。

意外にあっさりと外出許可をもらえたわけだが、それはやはり小玉の地位が今よりも低く、そしてもう若くないからだろう。

腹に皇帝以外の子をこさえて戻ってくる可能性が低く、仮にそうなったとしてもまあまあ穏便に始末できるという程度の身分。

とはいえ、子どもができないとしても、じゃあ浮気してもいいですよってわけにはならないけれど。ふつうに重罪。

皇后じゃないということ、年を食ってるということ、どっちも悪くないことだな、と小玉は思う。年をとることは避けようもないことで、負の面を感じることが多いけれど、個人の都合で考えるといいところもある。皇后じゃないことはともかくとして、年をとることは避けようもないことだから、そういう小さな幸せ、大事にしていこうと思う。

そこまでいい馬車を都合できなかったため、揺れはなかなかひどい。自分で手綱を持っているわけではないというのに、体が勝手に揺れているだけで疲れるというのは、不思議なことではあった。

そういえば白公子《はくこうし》にもずいぶん乗っていないな、と小玉はふと思いだす。ふしぎなことに、思いだしたからといって「しまった」と思うようなこともなかった。自分の中で、軍という場所が少し遠くなっているのかもしれない。

将来的にはまた、軍という場所を近く感じるのかもしれない。でも小さい子どもを育てているうちは無理！　と小玉は脳裏で断言する。人手が足りない中（それでもまだ恵まれているほうだが）ひいひい言いながら世話をしている令月のことは、小玉は鴻のときよりも「育てている」という実感があった。

鴻を育てているとき、彼の癇癪《かんしゃく》に困りはてることはままあった。けれども心底腹が立つとか、一瞬とはいえ殺意めいた気持ちになることもなかった。それはあのときの子育てが、苦労の上澄みの部分だけをすすっていたからなんだと今の小玉は思う。

翻って、令月に関しては、ときどき「このむすめっ子……！」という感じになることもある。そこには、実母である仙娥に対する感情は関係ない。令月は令月の実力だけで、小玉の気持ちを逆なでてくる。あなどれない。

でも、顔を見ないと寂しいのだ。

「令月……」

「はい」

目の前にいる相手が返事をする。だがまだ生後半年ほどしか経っていない令月が返事するなんてことはない。たまたま声をあげる以外……そう、この前あった……「あーいっ！」って言ってた……かわいかった……。

「って、なんであんたが返事するの」

とりあえず、目の前にいるのは令月じゃない。

「いやもうさっきから帝姫《ていき》のお名前ずっと呟《つぶや》いてて、もううるさいったら」

清喜である。

「名前呼んでるの、令月だけじゃないでしょ」

「確かにときどき、徽娘《きじょう》と貞児《ていじ》も入ってますけど」

徽娘は夏湖の娘、貞児は綵の娘である。貞児は本当は「貞」という名前なのであるが、小玉の宮にはもう一人「貞」がいるものだから、区別するため綵の娘のほうをそう呼んでいる。

大史氏と小史氏。貞と貞児。

ややこしいったらない。

とはいえ、悪いことばかりではない。仙娥の女官だったほうの貞は、自分と同じ名を持つ赤子に対し、なにかしら正の感情を持っているようで、綵のほうも娘と同じ名前のお嬢さんに親しみを持っているため、人間関係的な面ではよい効果はあった。

ややこしいけれど(二回目)。

「もうね、三人揃ってうちの孫、みたいな感じあるのよね」

小玉はふっと笑って横を向く。ころころ転がる三人……実にかわいい。

話は変わるが、結婚する際の若人がよく「笑いの絶えない家庭を作ります!」と言うけれど、あれは子どもが多いほど嘘《うそ》になる。笑い声か泣き声か奇声のどれかが絶えない家庭、といったほうが正しいと小玉は思っている。

「どの子も、閣下の孫じゃないんですけどね」

「言う、わね……」

苦く笑う小玉に、清喜が呆《あき》れた顔をする。

「なに僕が酷《ひど》いこと言ってるみたいな態度をとるんですか。せめて『うちの子』って言ってくれたら、少なくとも帝姫に対しては肯定しましたよ」

令月のことを持ち出されて、小玉はまた彼女の名前を呟いた。

「令月……」

「はい」

「だからなんであんたが返事するの」

「徽娘と貞児の名前を呼んだときも、ちゃんと返事してあげますから」

「そもそも返事すんなって言ってんの」

我が子として受けとめているかどうかはともかくとして、令月が今の小玉の心の大部分を占めているのは間違いなかった。

とはいえ、離れなかったらこんな気持ちにはならなかったと思う。

「一緒にいない時間が愛を深め、一緒にいる時間が情を深めるんだわ……愛情って、両方の時間が必要なのね」

「……えっ」

物憂げに呟く小玉に、清喜が絶句する。

「今あたしなんか変なこと言った？」

「いえ、閣下とは思えないほど含蓄のある言葉で、あの、あなた本当に閣下ですか？　関小玉という方ですか？」

「今あたし、そこまで言われるようなこと言った？」

緊張感のない旅であった。

王太妃の死が迫っている実感がなかったからではない。それをよく知っていたから、小玉も清喜もつとめて明るく振るまおうとしていた。

小玉が令月たちの名前をなにかと呟くのは、素のことであったが。

「これは……遠いところをわざわざ」

横たわる彼女は、見る影もなく病みやつれていた。

「王太妃さま……」

寝込む紅燕を見たときもやつれたと思ったが、それをはるかにしのぐ。

これがあの、堂々とした美しさを誇っていた王太妃なのか。

身を起こそうとする彼女を、侍女たちの手を遮って、まだ少年の面影を残す馮王が支える。

心配はしている。けれど母を止めようとはしないのだ。

優しい子だ。かつて明慧が救った子は、こういう人間に育ったのだ。

王太妃は自らの肩におかれた馮王の手を、「ありがとう」というように軽く撫《な》でてから、小玉に向かって口を開く。

「文で……先に、事情はいくらか。わたくしどものために。申しわけございません。ありがとう、ございます」

きっと以前の彼女なら、もっと流暢《りゅうちょう》に、そして言葉を尽くした礼を述べたことだろう。それほど、苦しいのだ。

「いいえ……馮王のご意向も、聞かず」

「私に異存は」

馮王は静かに首を横に振る。

「これが最後になるでしょう」

「はい」

「手を」

「手を……」

言いながら、小玉は自分の手を差しだす。

これでいいのか確信があったわけではなかったが、王太妃の手に触れると、彼女は嬉《うれ》しそうに笑った。自分はちゃんと彼女の意を汲《く》みとれたらしい。

「ずいぶん、柔らかくなりましたね」

「あのころに比べれば」

現役まっさかりの武官だった時期に比べると、今の小玉の手は確かに負担の少ない日々を送っている。

「よい、のでは。わたくし、の望みどおりでは、ないことなのですが」

「はあ」

小玉はどういう表情を作っていいかわからない。確かに今の自分は、これまでもてはやしてくれた人間の望むものではないと思っていたし、別にいいじゃないかと開きなおりもしていた。

だが面と向かって望みどおりではない、と言われるとこりゃまた……。けれども腹は立たなかった。相手が彼女だから。

「それでも、わたくし、あなたさまの人生を、かなり近いところで見とどけられました。嫁いだときには、こうできるなんて、思わなくて……だから、よいのです」

そこまで言って、王太妃は「いけないわ……」と小さく呟いた。

「もうだいぶ、支離滅裂なことを言ってますね。これ以上は」

そう言って、小玉の手から自分の手を引きぬいた。それを留《とど》めることを小玉はしなかった。

「……はい。お時間を作ってくださり、ありがとうございます」

馮王とともに王太妃の前から退出する。このまま帝都に戻ろうと考えていた小玉を、馮王が引きとめた。

「関充媛《じゅうえん》。甥御《おいご》に会っていかれるとよかろう」

「……はい」

遠い馮王領にわざわざ来て、小玉は丙と会わずに帰るつもりだった。存在を忘れていたからではなく、なんか今顔見たくないな……と思っていたから。紅燕の件で。誠のことも気になってはいたが、彼にはさっき会ったし。馮王づきの武官として充実した日々を過ごしているようで、なによりである。

だから丙のことはいっかなーとか思っちゃったりしてたんだが、馮王じきじきに言われたからには、会わないわけにはいかない。

「あ、叔母《おば》さん。元気だったんだー老けたね」

甥、超元気だった。

王太妃からもらったとかいう土地で、畑の世話をしている彼は、すっかり現地の人々に溶けこんでいる。

「語尾みたいな感じで、そういうことつけ足さないでくれる」

「いや、俺もだいぶ年食った感じあるよ。髭《ひげ》も生えたし」

髭については、丙よりもだいぶ年かさになってようやく生やした男が身近にいるので、そこまで気にはならなかった。

それよりも気になることがある。

「ずいぶん日焼けしたね」

「ここ、帝都よりもずいぶん暑いからね〜。俺もうほとんど忘れちゃったけど、子どものころ住んでた村もけっこう暑かったでしょ」

そう言って丙は、首からかけた布で汗を拭《ぬぐ》う。

「そうね……あそこはもっとじめっとしてたけど」

「ああ、やっぱ違うんだ。じゃあ生えてる草も違う感じ？」

「そりゃあね」

「行ってみたいんだよなあ」

ずいぶんと情感の籠《こ》もった言葉だった。

「あそこが恋しいの？」

言いつつ、小玉自身が郷愁にかられてしまった。

少し、落ちこんでいるからだろう。王太妃と会えたことは嬉しかったが、それはそれとしてやはり辛《つら》いものがあった。

「というより、色んな野菜見たくて」

「ん、ん――……野菜」

そう来るか。

「ここのも、帝都で育つのとぜんぜん違うんだよ。俺、ここに来てよかった。楽しい。色んなとこ行って、色んな野菜育てたい」

丙は目をきらきらと輝かせながら語る。

野菜を育てるということは、一定期間留まる必要がある。それでいて旅をしたいという、かなり無理がある願いを言われて、小玉は正直困……るべき、なんだろう。

「いいんじゃない？　時間かければできることでしょ」

「だろ⁉」

もしかしたら同意してくれたのが、小玉しかいなかったのかもしれない。いたく嬉しそうな丙に、小玉も口元をほころばせた。

「楽しそうで、なにより」

思えばこの甥は、小玉の事情にずいぶんと巻きこんだ（本人は迷惑だと思ってないだろうし、小玉も小玉で迷惑だったと言われたら、拳骨《げんこつ》一発くらいはやるだろうが）。彼が彼自身のために持った願いを叶《かな》えようとしている姿は、小玉の鬱屈《うっくつ》とした気持ちを、ちょっとだけ晴らしてくれた。

紅燕のことが心配ではあるし、彼女の願いが叶って幸せになるなら、それは小玉にとっても嬉しいと思う。けれどもそれは自然にそうなってくれればいいなというだけで、別に丙が、紅燕の望みのためにどうこうする必要はない。

「叔母さん、久しぶりに会ったから、『よしわかったそれであんた結婚は？』とか返されると思ってた」

「いいよ、好きにしな」

彼は、彼のために生きればいい。

丙が不意に声をあげる。

「あ……」

「ん？」

小玉は丙の目線のほうを向いた。

「旗が……」

あれは貴人の死を示すもの。

王太妃の。

葬儀が終わってすぐ、小玉は帝都へと戻った。

自分の滞在が長引くと、忙しい馮王の手を煩わせるから。

馬車だったのは、正解だったと、帰途小玉は思う。おかげで王太妃との最後の時間を、ゆっくりと振りかえることができるから。

——申しわけございません。ありがとうございます。

もう皇后ではない小玉に対し、彼女は最後までへりくだっていた。
かつての彼女なら病みやつれた姿を自分には見せなかっただろう。
だが、子らのため最後に礼を述べようとしてくれた。
――ありがとうございます、王太妃さま……帝姫《ていき》さま。
涙がぼとぼととこぼれ落ちる。小玉は目を閉じた。
脳裏に浮かぶのは、おてんばな美少女。
ああ、あの子が死んだ。

※

後宮の裏門から静かに戻ってきた小玉――関充媛を前に、紅燕は静かに声をかけた。

「おかえりなさい、充媛。大役ご苦労」

耳をすませる。

相手の返事に対してではなく、小玉を出迎える自分の声に。

震えていないだろうか。

堂々としているだろうか。

貴妃《きひ》として、一人の妃嬪《ひひん》を迎える立場として。

「貴妃さま。この度は……」

「よくってよ。母も、かつて仕えてくれたそなたと最期を共にできて、気が楽になったところがあるでしょう」

大丈夫、大丈夫。

ちゃんとできている。

「王太妃さまと、馮王からのお手紙を預かっております」

「ありがとう」

紅燕は、小玉が戻ってくるまでずっと我が身を省みていた。

母の葬儀に行けなかった自分。そんな事態を招いた自分自身の弱さ。

反省は今でもしているが、後悔はもう終えた。

あのころの自分は間違っていた。けれどもあの時点では間違いを正しようもなく、正すべきときに正すことができた。

ならばこれからなにをすべきか。

小玉に対する感情、母に対する感情……色々なものに対する感情。かつては紅燕の中で自由きままに動きまわり、いい意味でも悪い意味でも紅燕を落ちつかなくさせていたそれらは、今紅燕の中で大人しくしている。

感情が消えたわけではない。弱くなったわけでもない。

ただ、その感情を内包する紅燕が、大人しくさせられるようになっただけ。あるいは静かに眺められるようになっただけ。

かつて小玉は憧《あこが》れの人だった。今も憧れている。それでいて、今彼女を前にしていても、むやみに心の浮き沈みに悩まされるようなことはない。

かつて紅燕に仕えてくれて、雅媛についていった香児は、母の死を知ると馮王領の方を向いて殉死したという。けれどもその体は香児の遺志で、現地に葬った。紅燕の知る彼女ならば、母の近くで眠りたがるはずなのに。最後に仕えた主——雅媛に対しても、抱く「なにか」があったということか。

紅燕はそれら報を、静かに受けとめることができた。

麻痺《まひ》といったら、それは悪い意味になるのだろうか。

このこと自体は別に成長ではない。ただの変化だ。けれどもこれを成長の踏み台にすることはできる。

今なら、と紅燕は思う。

今なら自分は、これまで接してきた色々な存在を見直すことができるはずだ。小玉のことしかり、母のことしかり、皇帝のことしかり……。

ふと、丙のことが頭をよぎる。今でも好きだ。でもあの夢の中に彼は出てこなかった。自分の中での彼の順位は……つまり、そういうことなのだ。

丙への感情は紅燕の中で激しく転がりまわることはない。いずれ消えるにせよ、あるいはずっと静かに紅燕の中にあるにせよ、じっくりと付きあっていこう。

そういう覚悟が決まっているから、紅燕は落ちつきを持ってまったく別の話を今、小玉にすることができる。

「……馮王の妃《きさき》として、充媛《じゅうえん》の養育する帝姫を……との話が出ています。王の姉として、帝姫の養育にわたくしは積極的に携わるつもりです。よいですね？」

「もちろんでございます。お時間を割いてくださり、感謝申しあげます」

「ええ。まずは体を休め、大家にお会いする準備を整えなさい」

額《ぬか》ずく小玉に、紅燕は鷹揚《おうよう》に頷《うなず》いた。

その横で、真桂がまぶしそうな顔をしながら紅燕を見ていた。

※

「長旅、ご苦労だった」

出迎えてくれた文林に、小玉はほっと笑う。

「葬儀の参列まで、すまなかったな……」

「いいえ。充媛程度の身で、王太妃さまをお見送りする役目を担えましたのは、光栄なことでした」

そして、直接見送ることができなかった紅燕のことを思う。彼女は回復が遅れていたため、葬儀に行くことはできなかった。

「貴妃も感謝していた」

「それならば、よいのですが……」

「なあ小玉」

「なに？」

「帝姫の箔《はく》のために、あと数年でお前を皇后に戻そうと思う。間違いなく難しい……やれるか？」

「……やるわ」

頷いたのは自分のためでもあるが、令月のためにというところに、特に心を動かされている。

「なら、やろう」

あの子を幸せにしたい。

あとがき

登場人物に夢を見ていた方は、この巻でがっかりされるかもしれません。いるかどうかはわからないのですが、もしいたとして。

お人形ではなく人間なので、美男美女も年をとるし、トイレにもいくし、体調不良にもなります。そういうことです。

後に伝説になるからといって、内実がいつも華やかなわけでもなく、むしろ地味だったりさえなかったりする時間のほうが長いもので、私、『紅霞後宮物語』ではそこを書いていきたいなと思っていました。そういう状況に身を置いたときに見える本音というのはあります。

小玉《しょうぎょく》はかつて出征直前に文林《ぶんりん》のことを「あたしのものだ」と決めつけたわけですが、それはイケメンの文林相手だけを対象にした、盛りあがっているときの一過性の思いではなく、しょぼくれた文林を前にゆっくり考えたとしても、やはり抱えこみ続けているわけです。病めるときも健やかなるときも。

私はそこに愛を感じます。多分今の文林も、小玉がどんな醜態をさらしても抱えていくようになったと思います。

　その小玉も文林も、もうこの世界の時代を動かす中心人物ではなくなってきました。その世代交代は、寿命あるもので構成された社会として健全なことだと思います。老人が若者に経験を積ませず出張り続けると、仮に散り際が華々しく見えても迷惑には変わりないので。

　けれども関《かん》小玉を中心に据えた物語は、関小玉が目立たないといけないわけで、物語を続けると小玉がどうしても出張らざるをえなくなります。地味だったりさえなかったりするところも書きたいと思っていた私でも、さすがに小玉を老害にしてまで続けたくないなあとは思いました。

　よって次巻で『紅霞後宮物語』のメインストーリーは完結します。かといって、ラストがロマンティックな展開になるわけではないのですが。

二〇二一年十二月十五日
雪村花菜

富士見L文庫

紅《こう》霞《か》後宮《こうきゅう》物語《ものがたり》　第十三幕《だいじゅうさんまく》

雪村《ゆきむら》花菜《かな》

2022年2月15日　初版発行

発行者　青柳昌行
発　行　株式会社 KADOKAWA
〒102-8177　東京都千代田区富士見2-13-3
電話　0570-002-301（ナビダイヤル）

印刷所　株式会社暁印刷
製本所　本間製本株式会社
装丁者　西村弘美

定価はカバーに表示してあります。　◇◇◇

●お問い合わせ
https://www.kadokawa.co.jp/（「お問い合わせ」へお進みください）
※内容によっては、お答えできない場合があります。
※サポートは日本国内のみとさせていただきます。
※Japanese text only

ISBN 978-4-04-074422-3 C0193